新 潮 文 庫

騎 士 団 長 殺 し

第2部
遷ろうメタファー編（上）

村 上 春 樹 著

新 潮 社 版

11089

騎士団長殺し

第2部　遷ろうメタファー編（上）

目次

下巻目次

騎《き》士《し》団《だん》長《ちょう》殺《ごろ》し

第2部　遷《うつ》ろうメタファー編（上）

33　目に見えないものと同じくらい、目に見えるものが好きだ

日曜日もきれいに晴れ上がった一日になった。風らしい風もなく、秋の太陽が様々な色合いに染まった山間《やまあい》の樹木の葉を美しく輝かせていた。胸の白い小さな鳥たちが枝から枝へと飛び回って、赤い木の実を器用についばんでいた。私はテラスに腰を下ろして、そんな光景を飽きることなく眺めていた。自然の美しさは金持ちにも貧しき者にも分け隔てなく公平に提供される。時間と同じだ……いや、時間はそうではないかもしれない。裕福な人々は時間を余分に金で買っているのかもしれない。

とても正確に十時に、明るいブルーのトヨタ・プリウスが坂を上ってやってきた。秋川笙子《しょうこ》はベージュのタートルネックの薄いセーターに、淡緑色のほっそりとしたコ

ットンのパンツをはいていた。首には金の鎖のネックレスが控えめに光っていた。髪型はこの前と同じようにほぼ理想的なかたちに整えられていた。髪が揺れると美しい首筋がちらりと見えた。今日はハンドバッグではなく、バックスキンのショルダーバッグを肩からさげていた。靴は茶色のデッキシューズだった。さりげない服装だが、細部にまで気が配られている。そして彼女の胸はたしかにきれいなかたちをしていた。姪《めい》の内部情報によれば「詰め物はない」胸であるらしい。私はその乳房に——あくまで美的な意味合いにおいてではあるけれど——少し心を惹《ひ》かれた。

秋川まりえは色の褪《あ》せたストレートのブルージーンズに、白いコンバースのスニーカーという、この前とはがらりと違うカジュアルなかっこうだった。ブルージーンズにはところどころ穴があいていた（もちろん意図的に注意深く開けられた穴だ）。グレーの薄手のヨットパーカを着て、その上に木こりが着るような厚い格子《こうし》柄のシャツを羽織っていた。相変わらず胸の膨らみはなかった。そして相変わらず不機嫌そうな顔をしていた。食べかけの皿を途中で持って行かれた猫のような顔つきだった。

私は前と同じように台所で紅茶をいれ、それを居間に運んだ。そして先週描き上げた三枚のデッサンを二人に見せた。秋川笙子はそのデッサンを気に入ったようだった。

「どれもとても生き生きしている。写真なんかより、ずっと本物のまりちゃんみたいに見える」

「これ、もらっていい?」と秋川まりえは私に尋ねた。

「いいよ、もちろん」と私は言った。「絵が完成したあとでね。それまではぼくにも必要になるかもしれないから」

「そんなこと言って……、本当にいただいてもかまわないんですか?」と叔母は心配そうに私に尋ねた。

「かまいません」と私は言った。「いったん絵を完成させてしまえば、そのあととくに使い途《みち》はありませんから」

「この三枚のデッサンのどれかを下絵として使うの?」とまりえが私に尋ねた。

私は首を振った。「どれも使わない。この三枚のデッサンは、言うなれば、ぼくが君を立体的に理解するために描いたんだ。キャンバスにはまた違う君の姿を描くことになると思う」

「そのイメージみたいなのは、もう先生の頭の中に具体的にできているわけ?」

私は首を振った。「いや、まだできていないよ。これから君と二人で考える」

「立体的に私を理解する?」とまりえは言った。

「そうだよ」と私は言った。「キャンバスは物理的に見ればただの平面だけど、絵はあくまで立体的に描かれなくてはならないんだ。わかるかな？」

まりえはむずかしい顔をした。「立体的」という言葉から、たぶん自分の胸の膨らみのことを考えているのだろうと私は想像した。事実、彼女は薄いセーターの下できれいなかたちに盛り上がった叔母の胸にちらりと目をやってから、私の顔を見た。

「どうしたらそんなにうまく絵が描けるようになるの？」

「デッサンのこと？」

秋川まりえは肯《うなず》いた。「デッサンとか、クロッキーとか」

「練習だよ。練習しているうちにだんだんうまくなっていく」

「でもどれだけ練習してもうまくならない人もたくさんいると思う」

彼女の言うとおりだ。私は美大に通っていたが、どれだけ練習してもさっぱり絵がうまくならない級友たちを山ほど見てきた。どうあがいても、人はもって生まれたものに大きく左右される。でもそんなことを言い出したら、話の収拾がつかなくなる。

「でもだからといって練習しなくてもいいということにはならない。練習をしなければうまく外に出てこない才能や資質も、ちゃんとあるんだよ」

秋川笙子は私の言葉に強く肯いた。秋川まりえはちょっと唇を斜めに傾けただけだった。ほんとにそうかしら、という風に。

「君は絵がうまくなりたいんだね？」と私はまりえに尋ねた。

まりえは肯いた。「目に見えるものが好きなの。目に見えないものと同じくらい」

私はまりえの目を見た。その目は何かしら特別な種類の光を浮かべていた。彼女が具体的に何を言おうとしているのか、今ひとつつかみかねた。でも私は彼女の口にしたことより、むしろその目の奥にある光に興味を惹かれた。

「ずいぶんと不思議な意見ね」と秋川笙子が言った。「なんだか謎《なぞ》かけみたい」

まりえはそれには返事をせず、黙って自分の手を見ていた。少しあとに彼女が顔を上げたとき、その目からはもう特別な光が消えていた。それは一瞬のことだったのだ。


私と秋川まりえはスタジオに入った。秋川笙子はバッグから先週と同じ——見かけからしてたぶん同じだと思う——厚い文庫本を取りだし、ソファにもたれてすぐに読み始めた。どうやらその本に夢中になっているようだった。どういう種類の本なのか、私には前回にも増して興味があったが、題名を尋ねるのはやはり差し控えた。

まりえと私は先週と同じように、二メートルほどの距離を隔てて向き合った。先週との違いは、私の前にキャンバスを載せたイーゼルが置かれていることだった。しかしまだ絵筆と絵の具は手にしていない。私はまりえと空白のキャンバスとを代わりばんこに見ていた。そしてどのように彼女の姿をキャンバスの上に「立体的に」移し替えていけばいいのか、思いを巡らせた。そこにはある種の「物語」が必要とされていた。ただ相手の姿かたちをそのまま絵にすればいいというものではない。それだけでは作品にはならない。ただのよくできた似顔絵で終わってしまうかもしれない。そこに描かれるべき物語を見出《みいだ》すこと、それが私にとっての大事な出発点になる。

私はスツールの上から、食堂椅子《いす》に座った秋川まりえの顔を長いあいだ見つめていたが、彼女は視線をそらせなかった。ほとんど瞬《まばた》きもせず、私の目をまっすぐ見返していた。挑戦的なまなざしというのではないのだが、そこには「ここからはあとに引かない」という決意のようなものがうかがえた。人形を思わせる端正な見かけのせいで人は間違った印象を抱きがちだが、実際には芯《しん》の強い性格の子なのだ。自分のやり方を揺らぎなく持っている。一本まっすぐな線をいったん引いたら、簡単には曲げない。

よく見ると、秋川まりえの目にはどこか免色《めんしき》の目を想《おも》わせるものがあった。以前にも感じたことだが、その共通性に私はあらためて驚かされた。そこには「瞬間凍結された炎」とでも表現したくなる不思議な輝きがあった。熱気を含んでいるのと同時に、どこまでも冷静な輝きだった。内部にそれ自体の光源を持つ特殊な宝石を想起させる。

そこでは外に向かう率直な求めの力と、完結に向かう内向きの力が鋭くせめぎ合っていた。

でもそう感じるのは、秋川まりえはひょっとしたら自分の血を分けた娘かもしれないという、免色の打ち明け話を前もって聞かされているせいかもしれない。その伏線があるために、私は二人のあいだに何かしら呼応するものを見つけようと、無意識に努めてしまうのかもしれない。

いずれにせよこの目の輝きの特殊さを、画面に描き込まなくてはならない。秋川まりえの表情の核心をなす要素として。彼女の顔の端正な見かけを貫き揺さぶるものとして。しかしそれを画面に描き込むための文脈を、私はまだ見出すことができなかった。下手に描けばそれはただの冷ややかな宝石としか見えないだろう。その奥にある熱源がどこから生まれてきたのか、そしてどこに行こうとしているのか。私はそれを知らなくてはならなかった。

十五分ばかり彼女の顔とキャンバスを交互に睨《にら》んでから、私はあきらめた。そしてイーゼルを脇《わき》に押しやり、ゆっくり何度か深呼吸した。

「何か話をしよう」と私は言った。

「いいよ」とまりえは言った。「どんな話？」

「君のことをもう少し知りたいな。もしよかったら」

「たとえば？」

「そうだな、君のお父さんはどんな人なんだろう？」

まりえは小さく唇を歪《ゆが》めた。「お父さんのことはよくわからない」

「あまり話をしたりしないの？」

「顔を合わせることもそんなにないから」

「お父さんの仕事が忙しいからかな？」

「仕事のことはよく知らない」とまりえは言った。「でもたぶんわたしのことにそんなに興味がないんだと思う」

「興味がない？」

「だからずっと叔母さんにまかせきりにしているのよ」

私はそれについてはとくに意見を述べなかった。

「じゃあ、お母さんのことは覚えている？　たしか君が六歳のときに亡《な》くなったんだよね？」

「お母さんのことは、なんだかまだらにしか思い出せない」

「どんな風にまだらに？」

「すごくあっという間に、お母さんはわたしの前から消えてしまった。そして人が死ぬというのがどういうことなのか、そのときのわたしには理解できていなかった。だからお母さんはただいなくなったとしか思えなかった。煙がどこかのすきまに吸い込まれるみたいに」

　まりえは少し沈黙してから、話を続けた。

「そのいなくなり方があまりにも急だったから、そこにあるリクツがうまく呑《の》み込めなかったから、お母さんが死んだ前後のことが、わたしにはうまく思い出せないの」

「そのとき君はとても混乱していた」

「お母さんがいたときの時間と、いなくなってからの時間とが、高い壁みたいなので二つにヘダてられている。その二つがうまくつながらない」、彼女はしばらく黙って唇を噛《か》んでいた。「そういうのってわかる？」

「たぶんわかるような気はする」と私は言った。「ぼくの妹が十二歳で死んだことは前に話したよね？」

　まりえは肯いた。

「妹は生まれつき心臓の弁に欠陥があったんだ。大きな手術をして、うまくいったはずだったんだけど、なぜか問題が残った。いわば体内に爆弾を抱えて生きているようなものだった。だから家族はみんな日頃から、最悪の場合をある程度は覚悟していた。つまり君のお母さんがスズメバチに刺されて亡くなったみたいに、まったくの青天の霹靂《へきれき》というわけじゃなかった」

「せいてんの……」

「青天の霹靂」と私は言った。「晴れた日に突然雷鳴がとどろくことだよ。予想もしなかったことが出し抜けに起こること」

「せいてんのヘキレキ」と彼女は言った。「どんな字を書くの？」

「セイテンは青い天。ヘキレキという字はむずかしくて、ぼくにも書けない。書いたこともない。もし知りたければ、うちに帰って辞書で調べてみるといいよ」

「せいてんのヘキレキ」と彼女はもう一度繰り返した。その言葉は彼女の頭の中の抽斗《ひきだし》にしまい込まれたようだった。

「とにかくそれはある程度予想できたことだった。でも実際に妹が突然の発作に襲われて、その日のうちに死んでしまったときには、日頃からの覚悟なんて何の役にも立たなかった。ぼくは文字通り立ちすくんでしまった。ぼくだけじゃなくて家族全員が同じだった」

「その前とあととでは、先生の中でいろんなことが変わってしまった？」

「うん、その前とあとでは、ぼくの中でも、ぼくの外でも、いろんなものごとがすっかり変わってしまった。時間の流れ方が違ったものになってしまった。そして君が言うように、その二つをうまくつなげることができない」

まりえは十秒ばかりじっと私の顔を見ていた。そして言った。「妹さんは先生にとってとても大事なヒトだったのね？」

私は肯いた。「うん、とても大事なヒトだった」

秋川まりえはうつむいて何かを深く考えていた。それから顔を上げて言った。

「そんなふうに記憶がヘダてられてしまっているせいで、わたしにはお母さんのことがうまく思い出せないの。どんなひとだったか、どんな顔をしていたか、どんなことをわたしに言ったか。お父さんもあまりお母さんのことを話してくれないし」

私が秋川まりえの母親について知っていることといえば、免色が微に入り細にわたって語ってくれた、免色と彼女との最後の性行為の様子くらいだった。彼のオフィスのソファの上で行われた——そこで秋川まりえの受胎がおこなわれたのかもしれない——激しいセックスのことだ。しかしもちろんそんな話をするわけにはいかない。

「でもお母さんのこと、何か少しは覚えているんじゃないかな。六歳まで一緒に暮らしたわけだから」

「匂《にお》いだけは」とまりえは言った。

「お母さんの体の匂い？」

「そうじゃなくて、雨の匂い」

「雨の匂い？」

「そのとき、雨が降っていたの。雨粒が地面に当たる音が聞こえるくらいはげしい雨。でもお母さんは傘をささないで外を歩いていた。わたしも手をつないで、いっしょに雨の中を歩いていた。季節は夏だったと思う」

「夏の夕立のようなものかな？」

「たぶん。太陽にやかれたアスファルトが雨に打たれたときの匂いがしていたから。その匂いをわたしは覚えている。そこは山の上の展望台のようなところだった。そしてお母さんは歌をうたっていた」

「どんな歌？」

「メロディーは思い出せない。でも歌詞は覚えている。川の向こう側には広い緑の野原が広がっていて、そちらにはそっくりきれいに日が照っていて、でもこちら側にはずっと長く雨が降っていて……というような歌だった。ねえ、先生はそんな歌って耳にしたことがある？」

私にはそんな歌を耳にした記憶はなかった。「聴いたことはないと思うな」秋川まりえは小さく肩をすくめるような動作をした。「これまでいろんな人に尋ねてみたんだけど、誰もそんな歌は聴いたことがない。どうしてかな？　それはわたしが頭の中でかってにつくった歌なのかしら？」

「それともお母さんがその場でこしらえた歌なのかもしれないよ。君のために」まりえは私の顔を見上げて微笑《ほほえ》んだ。「そんなふうに考えたことはなかったけど、でももしそうだとしたら、それってなんだか素敵よね」

彼女が微笑みを浮かべるのを目にしたのは、たぶんそのときが初めてだった。まるで厚い雲が割れて、一筋の陽光がそこからこぼれ、土地の選ばれた特別な区画を鮮やかに照らし出すような、そんな微笑みだった。

私はまりえに尋ねた。「その場所にもう一度行ったら、ここだったたって君は思い出せるかな？　その山の上の展望台みたいなところに行ったら？」

「たぶん」とまりえは言った。「それほど自信はないけれど、たぶん」

「そういう風景をひとつ自分の中に持っていられるというのは、素敵なことだよ」と私は言った。

まりえはただ肯いた。

それからしばらくのあいだ、私と秋川まりえは二人で外の鳥たちの囀《さえず》りに耳を澄ませていた。窓の外には見事な秋晴れの空が広がっていた。そこには一筋の雲も見えなかった。私たちはそれぞれの内側で、それぞれの考えをとりとめもなく巡らせていた。

「あの裏返しになっている絵は何なの？」と少し後でまりえが私に尋ねた。

彼女が指さしているのは、白いスバル・フォレスターの男を描いた（描こうとしていた）油絵だった。私はそのキャンバスを見えないように、裏返しにして壁に立てかけておいたのだ。

「描きかけの絵だよ。ある男の人を描こうとした。でも中断したままになっている」

「見せてもらっていい？」

「いいよ。まだ下絵の段階だけど」

私はキャンバスを表向きにしてイーゼルに載せた。まりえは食堂椅子から立ち上がり、イーゼルの前にやってきて、腕組みをして正面からその絵を眺めた。絵を前にすると、彼女の目は再び鋭利な輝きを取り戻した。その唇はまっすぐ堅く結ばれた。

絵は赤と緑と黒の絵の具だけで構成され、そこに描かれるはずの男は、まだ明確な輪郭を与えられていなかった。木炭で描かれた男の姿はもう絵の具の下に隠されている。彼はそれ以上の肉づけを拒絶し、色づけを拒否していた。しかしその男がそこにいることが私にはわかっていた。私は彼の存在の根幹をそこに捉《とら》えている。海中の網が姿の見えない魚を捕えているように。その引きずり出し方を私は見つけ出そうとし、相手はその試みを阻止しようとしていた。そんな押し引きの中で中断がもたらされたのだ。

「ここで止まってしまった？」とまりえは尋ねた。

「そうだよ。下絵の段階からどうしても先に進めなくなった」

まりえは静かに言った。「でもこれでもう完成しているみたいに見える」

私は彼女の隣に立ち、同じ視点からその絵をあらためて眺めた。彼女の目には闇《やみ》の中に潜んでいる男の姿が見えているのだろうか？

「これ以上、この絵に手を加える必要はないということ？」と私は尋ねた。

「うん。これはこのままでいいと思う」

私は小さく息を呑んだ。彼女が口にしたのは、白いスバル・フォレスターの男が私に向かって語りかけたのとほとんど同じ内容だったからだ。絵はこのままにしておけ。これ以上この絵に手を触れるんじゃない。

「どうしてそう思うの？」と私はまりえに重ねて尋ねた。

まりえはしばらく返事をしなかった。またひとしきり集中して絵を眺めてから、腕組みをしていた両手をほどき、両方の頬にあてた。そこにある火照《ほて》りを冷ますかのように。それから言った。

「これはこのままでもう十分な力を持っている」

「十分な力？」

「そんな気がする」

「それはあまり善くない種類の力なんだろうか？」

まりえはそれには答えなかった。彼女の両手はまだ頬にあてられていた。

「ここにいる男のひとのことを、先生はよく知っているの？」

私は首を振った。「いや。実を言うと何も知らないんだ。少し前に一人で長い旅をしているとき、遠くの町でたまたま出会った人だ。口をきいたわけでもない。名前も知らない」

「ここにあるのが善い力なのか、善くない力なのか、それはわからない。そのときによって善くなったり、悪くなったりするものかもしれない。ほら、見る角度によっていろいろちがって見えてくるものみたいに」

「でもそれを絵の形にしない方がいいと君は思うんだね？」

彼女は私の目を見た。「もし形にして、もしそれが善くないものだったとしたら、先生はどうするの？　もしそれがこちらに手を伸ばしてきたとしたら？」

たしかにそうだ、と私は思った。もしそれが善くないものだったとしたら、もしそれが悪そのものだったとしたら、そしてもしそれがこちらに手を伸ばしてきたとしたら、私はいったいどうすればいいのだろう？

　私は絵をイーゼルからおろし、裏返しにして元あった場所に戻した。その画面が視界から取り除かれたことで、それまでスタジオの中に張り詰めていた緊張が急にほどかれたような感触があった。

　この絵をしっかりと梱包《こんぽう》して、屋根裏にしまい込んでしまうべきなのかもしれない、と私は思った。ちょうど雨田《あまだ》具彦《ともひこ》が『騎士団長殺し』を、人目につかないようにそこに隠していたのと同じように。

「じゃあ、君はあの絵についてはどう思う？」と私は壁にかかった雨田具彦の『騎士団長殺し』を指さして言った。

「あの絵は好き」と秋川まりえは迷うことなく答えた。「誰のかいた絵なの？」

「描いたのは雨田具彦。この家の持ち主だよ」

「この絵は何かをうったえかけている。まるで鳥が狭い檻《おり》から外の世界に出たがっているみたいな、そんな感じがする」

私は彼女の顔を見た。「鳥？　それはいったいどんな鳥なんだろう？」

「どんな鳥なのか、どんな檻なのか、わたしにはわからない。その姿かたちもよく見えない。ただそういうことを感じるだけ。この絵はわたしにはたぶん少しむずかしすぎるかもしれない」

「君ばかりじゃない。たぶんぼくにもむずかしすぎる。でも君が言うように、作者には何かしら人々に訴えたいものごとがあり、その強い思いをこの画面に託している。ぼくもそう感じる。でも彼がいったい何を訴えようとしているのか、それがどうしても理解できない」

「だれかがだれかを殺している。強い気持ちを持って」

「そのとおりだ。若い男は決意のもとに、相手の胸を剣でしっかり刺し貫いている。その一方で殺される方は、自分が殺されかけていることにただただ驚いているみたいだ。まわりの人々はその成り行きに息を呑んでいる」

「正しい人殺しというものはあるの？」

私はそれについて考えた。「わからないな。何が正しいか正しくないかというのは、基準の選び方で違ってくるからね。たとえば死刑を、社会的に正しい人殺しだと考える人は世間にたくさんいる」

あるいは暗殺を、と私は思った。

まりえは少し間を置いてから言った。「でもこの絵は、ひとが殺されかけて、たくさんの血が流されているのに、ヒトを暗い気持ちにさせない。この絵はわたしをどこか別のところにつれていこうとしている。正しいとか正しくないとか、そういうキジュンとは違う場所に」

その日結局、私は一度も絵筆を手に取らなかった。明るいスタジオの中で、秋川まりえと二人でとりとめなく話をしただけだった。私は話をしながら、彼女の顔の表情の変化や、様々な仕草をひとつひとつ脳裏に取り込んでいった。そのような記憶のストックが私の描くべき絵の、いわば血肉となる。

「今日は先生は何も描かなかった」とまりえは言った。

「そういう日もある」と私は言った。「時間が奪っていくものもあれば、時間が与えてくれるものもある。時間を味方につけることが大事な仕事になる」

彼女は何も言わず、ただ私の目を見ていた。窓ガラスに顔をつけて、家の中をのぞき込むみたいに。時間の意味について考えているのだ。

十二時になっていつものチャイムが聞こえると、私とまりえは二人でスタジオを出て居間に移動した。ソファの上では、黒縁の眼鏡をかけた秋川笙子が厚い文庫本を読みふけっていた。呼吸の気配さえうかがえないほど集中して。

「何の本を読んでおられるのですか？」と私は我慢しきれずに尋ねた。

「実を言うと、私にはジンクスみたいなのがあるんです」、彼女はにっこり笑って栞《しおり》をはさみ、本を閉じた。「読んでいる本の題名を誰かに教えると、なぜかその本を最後まで読み切ることができないんです。だいたいいつも思いもかけない何かが起こって、途中で読めなくなってしまう。不思議だけど、本当にそうなんです。だから読んでいる本の題名は誰にも教えないことに決めています。読み終えたら、そのときには喜んで教えて差し上げますけど」

「もちろん読み終えてからでけっこうです。とても熱心に読んでいらっしゃるので、何の本だろうと興味を惹かれただけです」

「とても面白い本です。いったん読み出すと止まらなくなってしまいます。だからここに来るときだけ読むように決めています。そうすれば二時間くらいすぐに経《た》ってしまいますから」

「叔母さんはとてもたくさん本を読んでいるの」とまりえが言った。

「ほかにあまりやることもありませんし、本を読むのが今の私の生活の中心みたいなものですから」と叔母は言った。

「お仕事はなさってないのですか？」と私は尋ねた。

彼女は眼鏡をとって、眉間《みけん》によったしわを指で伸ばしながら言った。「だいたい週に一度、地元の図書館のボランティアをしているだけです。その前は都内にある私立の医大に勤めていました。そこで学長の秘書をしていたんです。でもここに越してきたときに仕事をやめました」

「まりえさんのお母さんが亡くなったとき、こちらに越してこられたのですね？」

「そのときは、ただ一時的に同居するつもりだったんです。ものごとが一段落するまでという感じで。でも実際に来てみて、まりちゃんと一緒に生活するようになると、簡単には出て行けなくなってしまいました。それからずっとここに住んでいます。もちろん兄が再婚でもすれば、すぐにでも東京に戻りますが」

「そのときは私も一緒に出ていくと思う」とまりえは言った。

秋川笙子は社交的な笑みを浮かべただけで、それについては発言を控えた。

「もしよかったら、食事でもしていきませんか？」と私は二人に尋ねた。「サラダとパスタくらいなら簡単につくれます」

秋川笙子はもちろん遠慮したが、まりえは三人で昼食をとることに深く興味を持ったようだった。

「いいでしょ？　どうせうちに帰っても、お父さんはいないんだから」

「ほんとに簡単な食事です。ソースはたくさんこしらえてありますから、一人分つくるのも三人分つくるのも、手間として変わりはありません」と私は言った。

「本当によろしいんですか？」と秋川笙子は疑わしげに言った。

「もちろん。気にしないでください。ぼくはいつもここで一人で食事をしています。一日三食、一人で食べています。たまには誰かと食事を共にしたい」

まりえは叔母の顔を見た。

「それでは、お言葉に甘えて遠慮なく」と秋川笙子は言った。「でも本当にご迷惑じゃないんですか？」

「ちっとも」と私は言った。「どうか気楽にしてください」

そして我々は三人で食堂に移った。二人はテーブルの前に腰掛け、私は台所で湯を沸かし、アスパラガスとベーコンでつくったソースをソースパンであたため、レタスとトマトとタマネギとピーマンのサラダをつくった。湯が沸くとパスタを茹《ゆ》でて、そのあいだにパセリをみじん切りにした。冷蔵庫からアイスティーを出して、グラスに注いだ。二人の女性は私が台所できびきびと働く姿を珍しそうに眺めていた。何か手伝うことはないかと秋川笙子は尋ねた。手伝ってもらうほどのことはないから、そこにおとなしく座っていてください、と私は言った。

「とても手慣れていらっしゃるんですね」と彼女は感心したように言った。

「日々やっていることですから」

私にとって料理をつくるのは苦痛ではない。昔から変わらず手仕事が好きだった。料理をつくったり、簡単な大工仕事をしたり、自転車の修理をしたり、庭仕事をしたり。不得意とするのは抽象的に数学的に思考することだ。将棋やチェスやパズル、そのような類《たぐい》の知的遊戯は私のシンプルな頭脳を痛めつける。

それからテーブルに向かって、我々は食事を始めた。晴天の秋の日曜日の気楽な昼食だ。そして秋川笙子は食卓を共に囲むには理想的な相手だった。話題が豊富で、ユーモアを解し、知的で社交性に富んでいた。テーブルマナーは美しく、それでいて気取ったところはなかった。いかにも上品な家庭で育ち、金のかかる学校に通った女性だった。まりえの方はほとんど口をきかず、おしゃべりは叔母に任せて、食べることに意識を集中していた。秋川笙子はあとでソースのレシピを教えてほしいと言った。

我々が食事をおおかた終えたころに、玄関のベルが明るい音色で鳴った。そのベルを鳴らしているのが誰なのか推測するのは、私にとってそれほどむずかしいことではなかった。少し前に、あのジャガーの野太いエンジン音が微《かす》かに聞こえたような気がしていたからだ。その音——それはトヨタ・プリウスのもの静かなエンジン音とは対極に位置している——は私の意識と無意識のあいだにある薄い層のどこかに届いていた。だからベルが鳴ったのは決して「青天の霹靂」というわけではなかった。

「失礼」と言って私は席を立ち、ナプキンを下に置き、二人をあとに残して玄関に向かった。これからどんなことが持ち上がるのか、予測もつかないままに。

34 そういえば最近、空気圧を測ったことがなかった

玄関のドアを開けると、そこに免色が立っていた。

彼は白いボタンダウン・シャツの上に、細かい上品な柄の入ったウールのヴェスト、青みがかったグレーのツイードのジャケットを着ていた。淡い辛子色のチノパンツに、茶色のスエードの靴を履《は》いていた。例のごとく、すべての衣服が心地よさそうに彼に着こなされていた。豊かな白い髪が秋の陽光に光り、背後に銀色のジャガーが見えた。その隣にはブルーのトヨタ・プリウスが駐《と》まっていた。その二台が隣り合って並ぶと、歯並びの悪い人が口を開けて笑っているみたいに見えた。

私は何も言わずに免色を中に招き入れた。彼の顔は緊張のためにこわばっているよ

うに見えた。それは私に、塗ったばかりの生乾きの漆喰《しっくい》壁を連想させた。免色がそんな表情を浮かべているのを目にするのはもちろん初めてのことだった。彼はいつだって冷静に自己を抑制し、感情をできるだけ表に出さないように努めていたからだ。真っ暗な穴の底に一時間閉じ込められたあとでも、顔色はまるで変わらなかった。しかし今、彼の顔はほとんど蒼白《そうはく》に近かった。

「入ってもかまわないのでしょうか？」と彼は言った。

「もちろん」と私は言った。「今、食事をしているところですが、もうほとんど終わりかけています。どうぞ入ってください」

「しかし、食事を邪魔するようなことはしたくないので」と彼は言って、ほとんど反射的に腕時計に目をやった。そして意味もなく長いあいだ時計の針をにらんでいた。まるで針の動き方に異論でもあるみたいに。

私は言った。「食事はすぐ済みます。簡単な食事なんです。あとで一緒にコーヒーでも飲みましょう。居間で待っていてください。そこで二人にあなたを紹介します」

免色は首を振った。「いや、紹介されるのはまだ早すぎるかもしれません。二人とも既にここを引き上げていると思って、それでお宅にうかがったんです。紹介されようと思って来たわけじゃありません。しかし見ると、お宅の前に見たことのない車が駐まっていたものですから、それでどうすればいいかわからなくなって――」

「ちょうど良い機会です」と私は相手の言葉を遮《さえぎ》るようにして言った。「うまく自然にやります。ぼくに任せてください」

免色は肯いて靴を脱ぎにかかった。しかしなぜか靴の脱ぎ方がよくわからないようだった。私は彼がなんとか両方の靴を脱ぎ終えるのを待って、居間に案内した。前にも何度かその居間に来たことはあるというのに、彼はまるで生まれて初めて目にするみたいに、その部屋を珍しそうに見回した。

「ここで待っていてください」と私は彼に言った。そしてその肩に軽く手を置いた。「そこに座って、どうか楽にしていてください。十分もかからないと思います」

私は免色を一人でそこに残して――なんとなく不安な気持ちはあったのだが――食堂に戻った。私がいない間に二人は既に食事を終えていた。フォークが皿の上に置かれていた。

「お客様がお見えなのですか？」と秋川笙子が心配そうに私に尋ねた。

「ええ、でも大丈夫です。近所に住んでいる親しい人がふらりと立ち寄っただけです。居間で待ってもらっています。気の置けない人ですから、気にする必要はありません。ぼくは食事を済ませてしまいます」

そして私は少しだけ残っていた料理を食べ終えた。女性たちがテーブルの食器を片付けてくれているあいだ、私はコーヒーメーカーでコーヒーをつくった。

「居間に移って一緒にコーヒーでも飲みませんか？」と私は秋川笙子に言った。

「でも、お客様がいらっしゃっているのに、私たちはお邪魔ではありませんか？」

私は首を振った。「そんなことはまったくありません。これも何かのご縁ですから、ちょっとご紹介しておきます。ご近所といっても、谷を挟《はさ》んだ向かい側の山の上に住んでいる人ですから、秋川さんはおそらくご存じないと思いますが」

「なんというお名前の方なのでしょう？」

「メンシキさんといいます。免許証の免に、色合いの色です。色を免れる」

「珍しいお名前ですね」と秋川笙子は言った。「メンシキさん、そういうお名前を耳にするのは初めてです。たしかに谷間を挟むと、住所が近くてもまず行き来みたいなものはありませんから」

我々は盆に四人分のコーヒーと砂糖とクリームを載せ、それを持って居間に移動した。居間に入っていちばん驚いたのは、免色の姿が見当たらないことだった。居間は無人だった。テラスにも彼の姿はなかった。洗面所に行ったのでもないようだ。

「どこに行ったんだろう？」と私は誰に言うともなく言った。

「ここにいらっしゃったんですか？」と秋川笙子が尋ねた。

「ついさっきまでは」

玄関に行ってみたが、そこには彼のスエードの靴はなかった。私はサンダルを履いて玄関のドアを開けてみた。銀色のジャガーはさっきと同じ場所に駐まっていた。とすると、家に帰ってしまったわけではないようだ。車のガラスは陽光を受けて眩《まぶ》しく光り、中に誰かいるのかどうか見定められなかった。私は車の方に歩いて行った。免色はジャガーの運転席に座り、何かを求めてあちこちを探しているようだった。私は窓ガラスを軽くノックした。免色は窓ガラスを下ろし、困ったような顔で私を見上げた。

「どうかしたんですか、免色さん？」

「タイヤの空気圧を測ろうと思ったんですが、なぜか空気圧計がみつからなくて。いつもコンパートメントに入れてあったはずなのですが」

「それは今ここで急いでやらなくちゃならないことなんですか？」

「いいえ、そういうのでもありません。ただあそこで座っていたら、空気圧のことが急に気になったんです。そういえば最近、空気圧を測ったことがなかったなと」

「とくにタイヤの具合がおかしいというわけではないのですね？」

「いいえ、タイヤの具合は別におかしくありません。普通です」

「だったら空気圧のことはとりあえずあとにして、居間に戻りませんか？　コーヒーをいれました。二人が待っていますよ」

「待っている？」と免色は乾いた声で言った。「私を待っているのですか？」

「ええ、あなたを紹介すると言ったんです」

「困ったな」と彼は言った。

「どうして？」

「まだ紹介される準備ができていないからです。心の準備みたいなものが」

彼は燃えさかるビルの十六階の窓から、コースターくらいにしか見えない救助マットめがけて飛び降りろと言われている人のように、怯《おび》えて困惑した目をしていた。

「来た方がいいです」と私はきっぱりとした声で言った。「さあ、とても簡単なことですから」

免色は何も言わずに肯いてシートから立ち上がり、外に出て車のドアを閉めた。ドアをロックしようとしてから、そんな必要もないことに気がついて（誰も来ない山の上なのだ）、キーをチノパンツのポケットに入れた。

居間に入ると、秋川笙子とまりえは二人でソファに腰掛けて私たちを待っていた。

我々が入っていくと、二人は礼儀正しくソファから立ち上がった。私は彼女たちに簡単に免色を紹介した。ごく当たり前の日常的な人の営みとして。

「免色さんにも絵のモデルになってもらったことがあります。肖像画を描かせていただきました。たまたまご近所に住んでおられたので、以来おつきあいがあります」

「向かい側の山の上にお住まいとうかがっていますが」と秋川笙子が尋ねた。

家の話が出ると、免色の顔は目に見えて蒼白になった。「ええ、何年か前から住んでいます。何年になるかな。えーと、三年でしたっけ。それとも四年になるかな？」

彼は問いかけるように私の顔を見たが、私は何も言わなかった。

「ここからお宅が見えるのですか？」と秋川笙子が尋ねた。

「ええ、見えます」と免色は言った。それからすぐに言い添えた。「でもそんな大した家じゃありません。山の上のひどく便の悪いところですし」

「不便なことにかけてはうちだって同じようなものです」と秋川笙子は愛想良く言った。「買い物ひとつにしたって一仕事ですから。携帯電話の電波も、ラジオの放送もうまく入りません。それになにしろ急な坂なので、雪が積もるとつるつる滑って、怖くて車を出すこともできません。まあそれほど雪が積もったことって、ありがたいことに五年くらい前に一度あっただけですが」

「ええ、このあたりはほとんど雪は降りませんから」と免色が言った。「海からの暖かい風のおかげです。海の力というのは大きいんです。つまり――」

「いずれにせよ、冬場に雪が積もらないのはありがたいですね」と私は口をはさんだ。放っておいたら太平洋の暖流の仕組みまでいちいち説明しかねないような、切羽詰まった雰囲気が免色にはうかがえたからだ。

秋川まりえは叔母の顔と免色の顔を交互に見比べていた。免色に対してはとくにこれという定まった感想は抱いていないようだった。免色はまりえの方にはまったく目をやらず、じっと叔母の顔ばかり見ていた。まるで彼女の顔だちに、個人的に心を激しく惹《ひ》きつけられたみたいに。

私は免色に言った。「実は今、こちらのまりえさんの絵を描かせてもらっているんです。モデルになってもらいたいとお願いして」

「それで私が毎週、日曜日の朝に車でここまで送ってきているんです」と秋川笙子が言った。「距離からすれば、うちからすぐ目と鼻の先なんですが、道路の関係でかなり回り道をしないとここまで来られないものですから」

免色はようやく秋川まりえの顔を正面から見た。しかしその両目は、彼女の顔の周辺のどこかに定着できる場所を見いだそうと、落ち着きのない冬の蠅《はえ》のようにせわしなく動き回っていた。しかしそんな場所はどこにも見つけられないようだった。

私は助け船を出すように、スケッチブックを持ち出して彼に見せた。「これがこれまでに描いた彼女のデッサンです。まだデッサンを終えたばかりの段階で、本当の絵には取りかかっていないんですが」

免色は長いあいだ、食い入るようにその三枚のデッサンを見つめていた。まりえ自身を見るよりは、彼女を描いたデッサンを見る方が、ずっと意味深いことであるみたいに。しかしもちろんそんなはずはない。彼はまりえを正面から注視することができないだけなのだ。デッサンはあくまでその代替物に過ぎない。実物のまりえのすぐ近くに寄ったのはこれが初めてなので、気持ちの整理がまだうまくつかないのだろう。秋川まりえは免色のそんなとりとめのない顔の動きを、まるで珍しい動物でも観察するみたいに眺めていた。

「素晴らしい」と免色は言った。そして秋川笙子の方を見て言った。「どのデッサンもすごく生き生きとしている。雰囲気がよく捉えられている」

「ええ、私もそう思います」と叔母はにこやかに言った。

「でも、まりえさんはずいぶんむずかしいモデルです」と私は免色に言った。「絵にするのが簡単じゃない。顔つきが刻々変化していくので、その中心にあるものを把握するのに時間がかかります。だからまだ実際の絵に取りかかることができずにいます」

「むずかしい？」と免色が言った。目を細め、眩しいものでも見るみたいにあらためてまりえの顔を見た。

私は言った。「その三枚のデッサンは、それぞれずいぶん表情が違っているはずです。そしてちょっとした表情の変化で、全体の雰囲気ががらりと違ってきます。一枚の絵に定めて彼女を描くには表面的な変化ではなく、その中心に存在するものをつかまえなくてはなりません。それができないと、全体のほんの一面しか表現できなくなってしまいます」

「なるほど」と免色は感心したように言った。そしてその三枚のデッサンと、まりえの顔を彼は何度も見比べていた。そうするうちに、それまで蒼白だった彼の顔に徐々に赤みが差してきた。その赤みは最初は小さな点のようだったが、それがピンポン球くらいの大きさになり、野球のボールくらいの大きさになり、やがては顔全体に広がっていった。まりえはその顔色の変化を興味深そうに眺めていた。秋川笙子は失礼にならないように、その変化からうまく目を逸《そ》らせていた。私は手を伸ばしてポットを取り、自分のカップにコーヒーのおかわりを注いだ。

「来週からは、本格的に絵に取りかかろうと思っています。つまり絵の具を使って、キャンバスの上にということですが」、私は沈黙を埋めるためにそう言った。とくに誰に向かって言うともなく。

「もう構想はできあがっているのですか？」と叔母が尋ねた。

私は首を振った。「まだ構想はできていません。実際のキャンバスを前にして実際の絵筆を持たないと、具体的なことは何ひとつ頭に浮かんでこないんです」

「免色さんの肖像画をお描きになったんですね」と秋川笙子は私に尋ねた。

「ええ、先月のことですが」と私は言った。

「素晴らしい肖像画です」と免色は勢いを込めて言った。「しばらく絵の具を乾かす必要があるので、まだ額装していませんが、うちの書斎の壁に飾ってあります。でも〈肖像画〉というのは正しい表現ではないかもしれない。そこに描かれているのは、私でありながら私ではないからです。うまく言えませんが、とても深い絵です。見ていて見飽きることがありません」

「あなたでありながら、あなたではない？」と秋川笙子は尋ねた。

「つまりいわゆる肖像画ではなく、もう一段奥深いところで描かれた絵画なのです」

「それを見てみたい」とまりえが言った。それは居間に移ってから彼女が口にした最初の言葉だった。

「でもまりちゃん、失礼ですよ。よそのお宅にそんなに――」

「そんなことはちっともかまいません」、叔母の発言の語尾を鋭いなたできっぱりと断ち切るように免色が口を挟んだ。その語気の鋭さに全員が（免色自身をも含めて）一瞬息を呑んだ。

彼は一息置いて続けた。「せっかくご近所にお住まいなのですし、是非うちに絵を見にいらしてください。私はひとり暮らしをしていますから、気兼ねはいりません。お二人ともいつでも歓迎しますよ」

そう口にしてしまってから、免色の顔がいっそう赤くなった。おそらく自分自身の発言の中に過度に切迫した響きを聴き取ったのだろう。

「まりえさんは絵が好きなんですか？」と彼は今度はまりえの方を向いて尋ねた。声のトーンはもう普通に戻っていた。

まりえは黙って小さく肯《うなず》いた。

免色が言った。「もし差し支えなければ来週の日曜日、今日と同じくらいの時刻にここにお迎えにあがります。それからうちにいらして、絵をご覧になりませんか？」

「でもそんなご迷惑をおかけしては――」と秋川笙子が言った。

「でもわたしはその絵が見たい」、今度はまりえが有無を言わせぬ声できっぱりと言った。

結局、翌週の日曜日の正午過ぎに、免色が二人を迎えにうちに来ることになった。私も一緒に来るように誘われたが、その日の午後は用事があるのでと言って丁重に断った。私としてはこれ以上、この件に深入りしたくはなかったからだ。あとのことは当事者だけに委《ゆだ》ねたい。そこで何が起こるにせよ、私はできる限り部外者でいたい。私はただ結果的に——もともとそんなことをするつもりはなかったのだが——両者のあいだを取り持っただけだ。

美しい叔母と姪《めい》が二人で帰っていくのを見送るべく、私と免色は外に出た。秋川笙子は、プリウスの隣に駐まった免色の銀色のジャガーをしばらく興味深そうに眺めていた。まるで愛犬家がよその犬を見るときのような目で。

「これはいちばん新しいジャガーですね」と彼女は免色に尋ねた。

「そうです。今のところこれがジャガーの最新のクーペです。車はお好きなのですか？」と免色は尋ねた。

「いいえ、そんなわけでもありません。ただ亡《な》くなった父が昔、ジャガーのセダンを運転していたんです。よく乗せてもらったし、たまに運転もさせてもらいました。だから車体の先についているこのマークを見るとつい懐《なつ》かしくなるんです。XJ6っていったかしら。丸い四つ目のヘッドライトがついていた車。直列六気筒の4・2リッター・エンジンでした」

「シリーズⅢですね。ええ、あれはとても美しいモデルです」

「父はあの車が気に入っていたようで、かなり長く乗っていました。燃費の悪さと、細かい故障の多さには辟易《へきえき》していましたが、それでも」

「あのモデルはとりわけ燃費がよくありません。電気系統に故障も多かったかもしれません。ジャガーは伝統的に電気系統があまり強くないのです。しかし故障なく走っているときには、そしてガソリン代さえ気にしなければ、一貫して素晴らしい車です。乗り心地にもハンドリングにも、他では得られない魅力が溢《あふ》れてます。もちろん世間の圧倒的多数の人は、故障と燃費のことをしっかり気にかけますし、だからこそトヨタ・プリウスが飛ぶように売れるわけですが」

「これは兄が私専用にということで買ってくれたんです。私が自分で買ったわけではありません」と秋川笙子はトヨタ・プリウスを指して、まるで言い訳をするように言った。「運転しやすいし、安全だし、環境にも優しいということで」

「プリウスはとても優秀な車です」と免色は言った。「実は私も真剣に買うことを考えました」

本当だろうか？　私は内心首を傾《かし》げた。トヨタ・プリウスに乗っている免色の姿はうまく想像できなかったからだ。レストランでニソワーズ・サラダを注文している豹《ひょう》の姿が想像できないのと同じくらい。

秋川笙子はジャガーの車内をのぞき込みながら言った。「たいへん不躾《ぶしつけ》なお願いですが、この車に少しだけ乗ってみてかまいませんか？　運転席に座ってみるだけですが」

「もちろん」と免色は言った。そして声を整えるように軽く咳払《せきばら》いをした。「いくらでも乗ってみてください。もしよかったら、運転なさってもかまいませんよ」

彼女がそれほど免色のジャガーに関心を示すのを目にするのは、私にとっては意外なことだった。穏やかで清楚《せいそ》な外見からして、車に興味を持ちそうなタイプには見えなかったからだ。しかし秋川笙子は目を輝かせてジャガーの運転席に乗り込み、クリーム色の革シートに身体《からだ》を馴染《なじ》ませ、ダッシュボードを注意深く眺め、ハンドルに両手を置いた。それから左手をシフトレバーの上に載せた。免色はチノパンツのポケットから車のキーを取り出し、彼女に渡した。

「エンジンをかけてみてください」

秋川笙子は黙ってそのキーを受け取り、ハンドルの脇《わき》に差し込み、時計回りに回した。その大きな猫科の獣《けもの》は一瞬にして目を覚ました。彼女は底深いエンジン音にしばらくうっとりと耳を澄ませていた。

「このエンジンの音には聞き覚えがあります」と彼女は言った。

「４・２リッター、Ｖ８のエンジンです。お父さんの乗っておられたＸＪ６は六気筒で、バルブの数も圧縮比も違いますが、音は似ているかもしれません。化石燃料を盛大に無反省に燃やしているという点にかけては、今も昔も変わることなく罪深い機械です」

秋川笙子はレバーを上げて右折のウィンカーを出した。独特のこ、ん、こ、ん、という明るい音が聞こえた。

「この音がとても懐かしいわ」

免色は微笑《ほほえ》んだ。「これはジャガーにしか出せない音です。他のどんな車のウィンカーの音とも違っています」

「私は若い頃、ＸＪ６で密《ひそ》かに練習して運転免許を取ったんです」と彼女は言った。

「パーキング・ブレーキが普通とは少し違っているので、初めて他の車に乗ったときにはけっこう戸惑いました。どうしていいかわからなくて」

「よくわかります」と免色は微笑んで言った。「英国人というのは、なにかと妙なところにこだわるんです」

「でも車の中の匂《にお》いは、父の車とは少し違うみたい」

「残念ながら違っているかもしれません。使われているインテリアのマテリアルが様々な事情で、昔とまったく同じというわけにはいかなくなったのです。とくに二〇〇二年にコノリー社が皮革を提供しなくなってからは、車内の匂いはずいぶん変わってしまいました。コノリーという会社そのものが消滅してしまったからです」

「残念だわ。あの匂いがとても好きだったのに。なんていうか、父の匂いの思い出と一緒みたいになっていて」

免色は言いにくそうに言った。「実を言いますと、私はこのほかにも古いジャガーを一台持っているんです。そちらならあるいは、お父さんの車と同じような匂いがするかもしれません」

「ＸＪ６をお持ちなんですか？」

「いいえ、Ｅタイプです」

「Ｅタイプって、あのオープン・カーですか？」

「そうです。シリーズ1のロードスター、六〇年代半ばに作られたものですが、まだしっかり走ります。これもやはり六気筒の4・2リッター・エンジンを積んでいます。オリジナルのツー・シーターです。さすがに幌《ほろ》は新しくしましたので、正確な意味ではオリジナルとは言えないのですが」

私は車のことはまったく詳しくないので、何の話なのかほとんど理解できなかったが、秋川笙子はその情報にある種の感銘を受けたようだった。いずれにせよ、二人がジャガー車という共通の——おそらくはかなり狭い領域の——趣味を持っていることが判明したおかげで、私はいくらか気が楽になった。初対面の二人の会話のために話題を見つけてやる必要が、これでなくなったわけだから。まりえは自動車に関しては私以上に興味を持っていないらしく、二人の会話をいかにも退屈そうに聞いていた。

秋川笙子はジャガーから降りてドアを閉め、車のキーを免色に返した。免色はキーを受け取り、チノパンツのポケットに戻した。それから彼女とまりえはブルーのプリウスに乗り込んだ。免色がまりえのためにドアを閉めてやった。ジャガーとプリウスとでは、ドアの閉まる音がまったく違うことに私はあらためて感銘を受けた。音ひとつとっても世界には実に多くの差違がある。ダブルベースの同じ開放弦を一度だけぼいんと鳴らしても、チャーリー・ミンガスの音とレイ・ブラウンの音が確実に違って聞こえるのと同じように。

「それでは来週の日曜日に」と免色は言った。

秋川笙子は免色に向かってにっこりと微笑み、ハンドルを握って去って行った。トヨタ・プリウスのずんぐりとした後ろ姿が見えなくなってしまうと、私と免色は家の中に戻った。そして居間で冷えたコーヒーを飲んだ。我々はしばらくのあいだ口をきかなかった。免色は身体全体から力が抜け落ちてしまったみたいだった。過酷な長距離レースを走り終えてゴールインしたばかりのランナーのように。

「美しい女の子ですね」と私は少ししてから言った。「秋川まりえのことですが」

「そうですね。大きくなったらもっときれいになるでしょう」と免色は言った。しかしそう言いながら、頭では何か違うことを考えているみたいに見えた。

「彼女を近くで見て、どう感じました？」と私は尋ねた。

免色は居心地悪そうに微笑んだ。「実を言うと、あまりよく見ることができなかったんです。緊張していたものですから」

「でも少しは見たでしょう？」

免色は肯いた。「ええ、もちろん」。それからまたしばらく黙っていたが、急に顔を上げて真剣な眼差《まなざ》しで私を見た。「それで、あなたはどのように思われましたか？」

「どのように思うって、何をですか？」

免色の顔にまた少し赤みが差した。「つまり、彼女の顔だちと私の顔だちとの間には、何か共通点のようなものはあるのでしょうか。あなたは画家だし、長く肖像画を専門的に描いてきた方だから、そういうことはおわかりになるのではありませんか」

私は首を振った。「たしかにぼくは顔の特徴を素早く摑《つか》む訓練を積んでいます。でも親子の見分け方まではわかりません。世の中にはまったく似ていない親子もいれば、そっくりな顔をした赤の他人もいます」

免色は深いため息をついた。身体全体から絞り出されるようなため息だった。彼は手のひらをこすりあわせた。

「私は何も鑑定をお願いしているわけではありません。あくまで個人的な感想をうかがいたいんです。ごく些細《ささい》なことでかまいません。もし何か気にとめられたことがあったら、教えていただきたいのですが」

私はそれについて少し考えた。そして言った。「ひとつひとつの具体的な顔の造作について言えば、あなたがた二人のあいだに似通ったところはあまりないかもしれない。ただ目の動きには、何かしら相通じるものがあるように感じました。しばしばはっと、そういう印象を受けました」

彼は薄い唇を結んで私の顔を見た。「私たちの目に共通したところがあるということですか？」

「感情がそのまま率直に目に出るところが、あなたがた二人の共通点かもしれない。たとえば好奇心とか、熱意とか、驚きとか、あるいは疑念とか、抵抗感とか、そういう微妙な感情が目を通して外に現れます。表情は決して豊かとは言えないのに、両目が心の窓みたいな働きをしています。普通の人とは逆です。多くの人は表情はそれなりに豊かでも、目はそれほど生き生きしていません」

免色は意外そうな顔をした。「私の目もそのように見えるのですか？」

私は肯いた。

「そんな風に意識したことはなかったな」

「自分でコントロールしようと思っても、きっとできないものなのでしょう。あるいは意識して表情を抑制しているぶん、感情が目に集中して出てくるのかもしれません。でもそれもよくよく注意深く観察していないと読み取れない程度のものです。普通の人ならまず気づかないかもしれない」

「でもあなたにはそれが見える？」

「ぼくは人の表情の把握をいわば職業にしています」

免色はそのことについてひとしきり考えていた。そして言った。「私たちはそのような共通点を持っている。しかし血を分けた親子かどうかということになると、それはあなたにもわからない？」

「ぼくは人を見ていくつかの絵画的印象を持ちますし、それを大切にします。しかし絵画的印象と客観的事実とは別のものです。印象は何も証明しません。風に運ばれる薄い蝶々《ちょうちょう》のようなもので、そこには実用性はほとんどありません。それで、あなたはいかがですか？　あなた自身は彼女を前にして何か特別なものを感じなかったのですか？」

彼は何度か首を振った。「一度短く顔を合わせたくらいでは何もわかりません。もっと長い時間が必要です。あの少女と一緒にいることに慣れなくては……」

それから彼はもう一度ゆっくり首を振った。何かを探すようにジャケットのポケットに両手を突っ込み、またそれを出した。自分が何を探していたか忘れてしまったみたいに。そして続けた。

「いや、回数の問題ではないかもしれません。会えば会うほどむしろ混乱が増していくだけで、どのような結論にもたどり着けないかもしれません。彼女はひょっとしたら私の血を分けた娘かもしれないし、あるいはそうじゃないかもしれない。でもどちらでもかまわないのです。あの少女を前にして、そういう可能性に思いを巡らせているだけで、この指で仮想に触れているだけで、一瞬のうちに新しい鮮やかな血液を身体の隅々に行き渡らせることができます。私は生きることの意味を、これまで本当には理解できていなかったのかもしれない」

私は沈黙を守った。免色の心の動きに関して、あるいは生きることの定義に関して、私に口にできるようなことは何ひとつない。免色はいかにも高価そうな薄い腕時計に目をやり、もがくようにぎこちなくソファから立ち上がった。

「あなたに感謝をしなくては。もしあなたが背中を押してくれなかったら、私一人ではおそらく何もできなかったでしょう」

それだけを口にすると、彼はおぼつかない足取りで玄関に向かい、時間をかけて靴を履き靴紐《ひも》を結び直し、それから外に出た。彼が車に乗り込み、立ち去っていくのを、私は玄関の前から眺めていた。ジャガーの姿が見えなくなると、あたりは再び日曜日の午後の静寂に包まれた。

時計は午後二時を少しまわっていた。ひどくくたびれたという感覚があった。私はクローゼットから古い毛布を持ってきて、それを身体にかけてソファの上に横になり、しばらく眠った。目が覚めたのは三時過ぎだった。部屋に差し込む太陽の光が少しだけ移動していた。妙な一日だった。自分が前に進んでいるのか後ろに下がっているのか、あるいは同じところをぐるぐる回っているのか、見定めることができない。方向感覚が乱されている感覚があった。秋川笙子とまりえと、そして免色。彼ら三人が三人とも、それぞれに強い特別な磁力のようなものを発している。そしてその三人に囲まれるように、私が真ん中に置かれていた。どのような磁力をも身に帯びることなく。

しかしどれだけくたびれてはいても、もう日曜日が終わってしまったわけではなかった。時計の針は午後三時をまわったばかりなのだから。そしてまだ日が暮れてもいないのだから。日曜日が過去のものとなり、明日という新しい一日が訪れるまでにはたっぷり時間がある。でも何をする気にもなれなかった。昼寝をしたあとでも、頭の奥の方にまだぼんやりとした塊が残っていた。机の狭い抽斗《ひきだし》の奥に古い毛糸の玉が詰まっているような感覚だ。誰かがそんなものを無理にそこに詰め込んだのだ。おかげで抽斗がきちんと最後まで閉まらない。たぶんこんな日には、私も車の空気圧を測ってみるべきなのだろう。何もする気が起きないときには、人はせめてタイヤの空気圧でも測ってみるべきなのだ。

しかし考えてみれば、私はまだ生まれてこの方、自分で車のタイヤの空気圧を測った経験が一度もなかった。たまにガソリン・スタンドで「空気圧が下がっているみたいだから、測ってみた方がいいかもしれませんね」と言われて、そのときに測ってもらうくらいだ。もちろん空気圧計みたいなものも所有してはいない。それがどんな形をしているかすら知らない。コンパートメントに入るくらいだから、それほど大きなものではないのだろう。そしてたぶん月賦《げっぷ》を使って買わなくてはならないほど高価なものでもないはずだ。今度試しに買ってきてみよう。

あたりが暗くなってくると私は台所に行って、缶ビールを飲みながら夕食の支度をした。ブリの粕《かす》漬けをオーヴンで焼き、漬け物を切り、キュウリとわかめの酢の物を作り、大根と油揚げの味噌汁《みそしる》をつくった。そしてそれを一人で黙って食べた。語りかけるべき相手もいないし、語るべき言葉も見当たらない。その簡素なひとりぼっちの夕食を食べ終えかけた頃に、玄関のベルが鳴った。どうやら私があと少しで食事を終えようというところで玄関のベルを鳴らそうと、人々は心を決めているらしかった。

一日はまだ終わってはいなかったのだ、と私は思った。長い日曜日になりそうな予感がした。私はテーブルの前から立ち上がり、ゆっくりと玄関に向かった。

35

あの場所はそのままにしておく方がよかった

私はゆっくりとした足取りで玄関に向かった。玄関のベルを鳴らしているのが誰なのかまったく見当がつかなかった。もし車が家の前に停まれば、その音は聞こえたはずだ。食堂は少し奥まったところにあるが、とても静かな夜だったし、車がやってくればそのエンジン音やタイヤの軋《きし》みは必ず耳に届くはずだ。たとえそれがもの静かなハイブリッド・エンジンを誇るトヨタ・プリウスであったとしてもだ。しかしそんな音はまったく聞こえなかった。

そして日が落ちてから、車を使わずにここまで長い坂道を歩いて登ってくるような物好きな人間はまずいない。照明もほとんどなく道はずいぶん暗いし、人気《ひとけ》もない。

孤立した山の上にぽつんと建った家なので、近くには隣人と呼べるような人々もいない。

ひょっとしたら騎士団長かもしれないと私は思った。しかしどう考えても彼であるわけはない。今ではもう、好きなときに好きなだけこの家に入ってくることができるのだから、わざわざ玄関のベルを押したりはしない。

相手が誰かを確かめもせずにロックを外し、玄関のドアを開けた。そこには秋川まりえが立っていた。昼間とまったく同じかっこうだったが、今はヨットパーカの上に紺色の薄手のダウン・ジャケットを着ていた。日が落ちてさすがにあたりは冷え込んでいた。そしてクリーブランド・インディアンズの野球帽をかぶり（どうしてクリーブランドなのだろう?）、右手に大きな懐中電灯を持っていた。

「入ってかまわない?」と彼女は尋ねた。〈こんばんは〉もなければ、〈突然うかがってごめんなさい〉もなかった。

「かまわないよ、もちろん」と私は言った。それ以上のことは何も言わなかった。私の頭の中の抽斗はまだうまくきちんと閉まっていなかったからだ。まだ奥の方に毛糸の玉がつっかえている。

私は彼女を食堂に案内した。

「食事の途中なんだ。最後まで食べちゃっていいかな？」と私は言った。

彼女は黙って肯いた。社交性といった面倒な概念は、この少女の頭の中には存在しないのだ。

「お茶を飲む？」と私は尋ねた。

彼女はやはり黙って肯いた。そしてダウン・ジャケットを脱ぎ、野球帽をとって髪を整えた。私はやかんでお湯を沸かした。そして急須《きゅうす》に緑茶の葉を入れた。どうせ私もお茶を飲みたかったところだ。

私がブリの粕漬けを食べ、味噌汁を飲み、米飯を食べるのを、秋川まりえはテーブルに肘《ひじ》をついて、珍しいものでも見るように見ていた。まるでジャングルを散歩している途中、巨大ニシキヘビが穴熊《あなぐま》の子供を呑《の》み込む現場に出くわして、近くの石の上に腰を下ろしてそれを見物しているみたいに。

「ブリの粕漬けは自分で作ったんだ」、深まっていく沈黙を埋めるために私は説明した。「こうしておけば日持ちがするから」

彼女は何の反応も示さなかった。私の言葉が耳に入っているのかどうかさえ確かではなかった。

「イマヌエル・カントはきわめて規則正しい生活習慣を持った人だった。町の人々は彼が散歩をする姿を見て、それに時計の時刻を合わせたくらいだ」と私は言ってみた。

もちろん意味のない発言だ。秋川まりえが意味のない発言に対してどんな反応をするか、様子を見てみたかっただけだ。私の言ったことが本当に耳に届いているのかどうか。しかし彼女はまったくどのような反応も示さなかった。あたりの沈黙がより深まっただけだった。イマヌエル・カントはあくまで日々寡黙《かもく》に規則正しく、ケーニヒスベルクの通りから通りへと散策を続けていた。彼の人生最後の言葉は「これでよし(Es ist gut)」だった。そういう人生もあるのだ。

私は食事を終え、使った食器を流し台まで運んだ。それからお茶をいれた。二つの湯飲みを持ってテーブルに戻った。秋川まりえはテーブルの前に座ったまま、私のひとつひとつの動作をじっと眺めていた。文献の細かい脚注を検証する歴史学者のような注意深い目で。

「車でここまで来たわけじゃないよね？」と私は尋ねた。

「歩いてきた」と秋川まりえはようやく口を開いた。

「君のうちからここまで一人で歩いてきた？」

「そう」

私は黙って相手の話の続きを待った。秋川まりえも黙っていた。食堂のテーブルを挟んで、二人のあいだにかなり長く沈黙が続いた。しかし沈黙を維持することにかけては、私も決して不得意な方ではない。何しろ山のてっぺんでずっと一人で暮らしているくらいだ。

「秘密の通路があるの」とまりえはしばらくあとで言った。「車で来るとけっこう道のりは長いけれど、そこを抜けてくるととても近い」

「しかしぼくもずいぶんこのあたりを散歩しているけれど、そんな道を目にしたことはないよ」

「探し方が悪いから」とその少女はあっさりと言った。「普通に歩いて普通に見ていたのでは、通路は見つからない。うまく隠してあるから」

「君が隠したんだね？」

彼女は肯いた。「私は生まれてすぐここに来て、ここで育ったの。小さい頃から山ぜんたいが私の遊び場だった。このへんのことは隅から隅まで知っている」

「そしてその通路は巧妙に隠されている」

彼女はもう一度こっくりと肯いた。

「そして君はその通路を辿《たど》ってここにやってきた」

「そう」

私はため息をついた。「食事はもう済んだの？」

「さっき終わった」

「どんなものを食べた？」

「叔母さんはあまり料理が得意ではない」と少女は言った。私の質問に対する答えにはなっていないが、それ以上はあえて追及しなかった。自分がさっき食べたもののことをきっとあまり思い出したくないのだろう。

「それで君の叔母さんは、君が一人でここに来ていることは知っているのかな？」

まりえはそれには返事をしなかった。唇をまっすぐ堅く結んでいた。だから私が自分で返事をすることにした。

「もちろん知らない。まともな大人は十三歳の女の子に、暗くなってから一人で山の中をうろつかせたりはしない。そうだよね？」

またひとしきり沈黙が続いた。

「秘密の通路があることも彼女は知らない」

まりえは首を何度か横に振った。叔母は通路のことは知らないという意味だ。

「君以外にその通路のことを知っている人はいない」

まりえは首を何度か縦に振った。

「いずれにせよ」と私は言った。「君のおうちのある方角からすると、君はきっと通路を抜けたあと、古い祠《ほこら》のある雑木林を通ってここに来たんだろうね？」

まりえは肯いた。「祠のことはよく知っている。このあいだ、大きな機械を使ってその裏手にある石の塚を掘り返したことも知っている」

「君はその現場を見ていたの？」

まりえは首を横に振った。「掘り起こしたところは見ていない。その日は学校に行っていたから。見たときには機械のあとが地面にいっぱい残っていた。どうしてそんなことをしたの？」

「いろんな事情があったんだ」

「どんな事情？」

「最初から説明すると、けっこう長い話になってしまう」と私は言った。そして説明はしなかった。そこに免色が関与していることを、できることなら私は彼女に教えたくなかった。

「あそこはあんな風に掘り起こしたりするべきではなかった」、まりえは唐突にそう言った。

「どうしてそう思うの？」

彼女は肩をすくめるような動作をした。「あの場所はそのままにそっとしておく方がよかった。みんなそうしてきたのだから」

「みんなそうしてきた？」

「長いあいだずっと、あそこはそのままにされてきたのだから」

たしかにこの少女の言うとおりかもしれない、と私は思った。あの場所には手をつけるべきではなかったのかもしれない。これまでみんながそうしてきたのかもしれない。しかし今になってそんなことを言っても手遅れだ。石の塚は既にどかされ、穴はあばかれ、騎士団長は解放されてしまったのだ。

「あの穴にかぶせておいた蓋《ふた》を取ったのはひょっとして君だったのかな？」と私はまりえに尋ねた。「穴の中をのぞき、それからまた蓋をして、石の重しを元通りに載せておいた。そうじゃないか？」

まりえは顔をあげて私の顔をまっすぐ見た。なぜそれがわかるの、というように。

「蓋の上の石の並べ方が少しだけ違っていたから。ぼくは視覚的な記憶力が昔からとてもいいんだ。そういうちょっとした違いが一目でわかる」

「ふうん」と彼女は感心したように言った。

「でも蓋を開けても穴の中はからっぽだった。暗闇《くらやみ》と湿った空気以外には何もなかった。そうだね？」

「梯子《はしご》がひとつ立てかけてあった」

「穴の中には降りてないよね？」

まりえは強く首を振った。まさかそんなことをするわけはない、というように。

「それで」と私は言った。「君は今夜こんな時刻に、何か用件があってここまで来たんだろうか？　それともただの社交的訪問なのかな？」

「社交的訪問？」

「たまたま近所まで来たから、ちょっと挨拶《あいさつ》に寄ってみたとか？」

それについて彼女は少し考えた。それから首を小さく振った。「社交的訪問というのでもない」

「だとしたら、これはどういう種類の訪問なんだろう？」と私は言った。「もちろん君がうちに遊びに来てくれるのは、ぼくとしても嬉《うれ》しいけれど、もしあとで君の叔母さんやお父さんにこのことがわかったら、妙な誤解を受けることになるかもしれない」

「どんな誤解？」

「世間にはあらゆる種類の誤解がある」と私は言った。「ぼくらの想像を遥《はる》かに超えたような誤解もある。ひょっとしたらもう君をモデルにして絵を描くことを許可されなくなるかもしれない。それはぼくとしてはすごく困ることなんだ。君にとっても困ることじゃないかな？」

「叔母さんにはばれない」とまりえはきっぱりと言った。「夕食が終わったら、わたしは自分の部屋に引きあげるし、そのあと叔母さんはわたしの部屋にはやってこないから。そういう取り決めになっている。だから窓からこっそり抜け出してもだれにもわからない。一度だってばれたことはない」

「昔からよく夜の山の中を歩きまわっていた？」

まりえは肯いた。

「夜の山の中に一人でいて怖くないの？」

「もっと怖いものはほかにある」

「たとえば？」

まりえは小さく肩をすぼめるような動作をしただけで、返事はしなかった。

私は尋ねた。「叔母さんはともかく、お父さんはどうしているの？」

「まだ家に帰っていない」

「日曜日なのに？」

まりえは返事をしなかった。父親のことにはなるべく触れたくないようだった。

彼女は言った。「とにかく先生は心配しなくていい。わたしが一人で外に出ていることはだれにもわからないから。そしてもしわかったとしても、先生の名前はぜったいに出さない」

「じゃあ、もうその心配はしない」と私は言った。「しかし、今夜どうしてわざわざ君はぼくのうちにやって来たのだろう？」

「先生に話があったから」

「どんな話？」

秋川まりえは湯飲みを手に取り、熱い緑茶を一口静かに飲んで、それから鋭い目で周囲をぐるりと見回した。話を聞いているものがほかにいないことを確かめるように。もちろんまわりには我々のほかには誰もいない。もし騎士団長が戻ってきて、どこかで耳を澄ませていなければの話だが。私もあたりを見回してみた。しかし騎士団長の姿は見えなかった。とはいえ、騎士団長が形体化していなければ、誰の目にもその姿は見えないわけだが。

「今日のお昼にここに来た、あの先生のお友だちのこと」と彼女は言った。「きれいなしらがのひと。なんていう名前だったっけ。ちょっと珍しい名前」

「免色さん」

「そうメンシキさん」

「彼はぼくの友だちじゃない。少し前に知り合っただけの人だよ」

「なんでも」とまりえは言った。

「で、免色さんがどうかしたの？」

彼女は目を細めて私を見た。そして少しだけ声をひそめて言った。「あの人はたぶんなにかを心に隠していると思う」

「たとえばどんなことを？」

「そこまではわからない。でもメンシキさんが今日の午後、ただ偶然立ち寄ったというのは、たぶんホントじゃないと思う。きちんとしたなにかがあってここに来たんだという気がする」

「何かって、たとえばどんなことなんだろう？」、私は彼女の観察眼の鋭さにいくぶんひるみながらそう尋ねた。

彼女は私の目をまっすぐ見据えたまま言った。「そこまではわからない。先生にもわからない？」

「いや、心当たりはないよ」と私は嘘《うそ》をついた。秋川まりえの目に、嘘をあっさりと見やぶられてしまわないことを祈りながら。私は嘘をつくのが昔からあまり得意ではない。作り話をするとすぐ顔に出てしまう。しかし本当のことをここで打ち明けるわけにはいかない。

「ほんとに？」

「本当に」と私は言った。「彼が今日うちを訪ねてくるなんて、ぜんぜん予想もしていなかった」

まりえは私の言うことをいちおう信じてくれたようだった。実際のところ、今日うちにやってくるとは免色は言っていなかったし、彼の突然の来訪は私にとっても予期せぬ出来事だったのだ。私は嘘をついたわけではない。

「あのひとは不思議な目をしている」とまりえは言った。

「不思議って、どんな風に？」

「目がいつもなにかしらつもりを持っているみたいに見える。赤ずきんちゃんの狼《おおかみ》と同じ。たとえおばあさんのかっこうをしてベッドに横になっていても、目を見ればすぐに狼だとわかる」

赤ずきんちゃんの狼？

「つまり君は免色さんに、何かネガティブなものを感じたということなのかな？」

「ネガティブ？」

「否定的なもの。害をなすものとか、そういうこと」

「ネガティブ」と彼女は言った。そしてその言葉は彼女の記憶の抽斗に仕舞い込まれたようだった。「青天の霹靂《へきれき》」と同じように。

「そういうことでもない」とまりえは言った。「悪いイトをもっているという風には思わない。でもきれいなしらがのメンシキさんは、何かを背中のうしろに隠していると思う」

「君はそれを感じるんだね？」

まりえは肯いた。「だから先生にいちおう確かめに来たの。先生が免色さんについて、なにかを知っているかもしれないと思って」

「君の叔母さんも、君と同じようなことを感じているんだろうか？」と私は、彼女の質問をかわすように尋ねた。

まりえは小さく首を傾げた。「いいえ、叔母さんはそういう考え方はしない。他人にネガティブな気持ちを持つことのあまりない人だから。そして彼女はメンシキさんに興味を持っている。トシは少し離れているみたいだけど、ハンサムだし着ている服もきれいだし、とってもお金持ちみたいだし、一人で暮らしているということだし……」

「君の叔母さんは彼に好意を持っている？」

「そう思う。メンシキさんと話をしているときはすごく楽しそうだった。明るい顔をして、声も少しうわずっていた。いつもの叔母さんとは違う。そしてメンシキさんのほうも、そういう違いのことはなんとなく感じとっているはずだと思う」

私はそれについては何も言わず、二人の湯飲みに新しいお茶を注いだ。そしてそのお茶を飲んだ。

まりえは一人でしばらく考えを巡らせていた。「でもどうして私たちが今日ここに来ることが、メンシキさんにわかっていたのかしら。先生が教えたの？」

私はできるだけ嘘をつかなくて済むように慎重に言葉を選んだ。「免色さんには、君の叔母さんと今日ここで会うようなつもりはもともとなかったと思うよ。君たちがうちにいるのを知って、そのまま帰ろうとしたのをぼくがむりに引き留めたくらいだから。彼はたまたまうちにやって来て、彼女がたまたまそこにいて、その姿を見て興味を持ったんじゃないかな。君の叔母さんはなかなか魅力的な女性だから」

まりえは私の言ったことにすっかり納得したようには見えなかったが、それ以上その問題を追及することもしなかった。ただしばらくのあいだ食卓に肘をついて、むずかしい顔をしていただけだった。

「でもとにかく、君たちは来週の日曜日に彼のうちを訪問することになっている」と私は言った。

まりえは肯いた。「そう、先生の描いた肖像画を見せてもらうために。そして叔母さんはそのことをとても楽しみにしているみたい。日曜日にメンシキさんのおうちを訪問することを」

「叔母さんにだってやはり楽しみは必要だよ。なにしろこんなひとけのない山の上で暮らしているわけだし、都会にいるのとは違って、男性と新しく知り合う機会もそれほどないだろうから」

秋川まりえはしばらく唇をまっすぐに堅く結んでいた。それから打ち明けるように言った。

「叔母さんにはずっと恋人がいたの。長く真剣につきあっていた男のひとが。ここに来る前、東京で秘書の仕事をしていたころのことだけど。でもいろいろあって、結局うまくいかなくなって、叔母さんはそのことでとても深く傷ついたの。それもあってお母さんが死んでしまったあと、うちに来てわたしたちと同居するようになった。もちろんホンニンの口から聞いたんじゃないけど」

「でも今は交際している人はいない」

まりえは肯《うなず》いた。「たぶん今、つきあっている男のひとはいないと思う」

「そして君は叔母さんが一人の女性として、免色さんに対してそういう淡い期待みたいなものを抱いていることをいささか心配に思っている。だからぼくに相談するためにここにやってきた。そういうことかな？」

「ねえ、メンシキさんは叔母さんをユウワクしているんだと思う？」

「誘惑している？」

「真剣な気持ちがあるんじゃなく」

「それはぼくにもわからない」と私は言った。「ぼくもそこまでよく免色さんのことを知らないんだ。それに彼と君の叔母さんとは今日の午後に出会ったばかりだし、具体的にはまだなにごとも起こっていない。またそういうのは人の心と心のあいだの問題だから、話の進み具合によって微妙に変化していくものだ。ちょっとした心の動きが大きく膨らんでいくこともあるし、また逆の場合もある」

「でもわたしには予感みたいなものがあるの」と彼女はきっぱり言った。

とくに根拠はないにせよ、彼女の予感みたいなものを信じてもいいような気がした。それはまた私の予感みたいなものでもあった。

私は言った。「そして君は何かが起こって、叔母さんがもう一度精神的に深く傷つくんじゃないかと心配している」

まりえは短く肯いた。「叔母さんは用心深い性格ではないし、傷つくことにもあまり馴《な》れていない」

「そういうと、なんだか君の方が叔母さんのことを保護しているみたいに聞こえるな」と私は言った。

「ある意味では」とまりえは真剣な顔つきで言った。

「それで君はどうなんだろう？　傷つくことには馴れているのかな？」

「わからない」とまりえは言った。「でも少なくともわたしは恋をしたりしない」

「でもいつかは恋をする」

「でも今はしない。胸がもう少し膨らむまでは」

「そんなに先のことじゃないと思うよ」

まりえは軽く顔をしかめた。たぶん私を信用していないのだろう。

そのとき私の胸にふと小さな疑念が生まれた。もしかしたら免色は、まりえとの繋《つな》がりを確保することを主な目的として、秋川笙子に意図的に接近しようとしているのではないだろうか？

免色は秋川まりえについて、私にこう言った。一度短く顔を合わせたくらいでは何もわかりません。もっと長い時間が必要です。

　秋川笙子は免色にとって、彼がこれからも継続的にまりえと顔を合わせるための重要な仲介者になるはずだ。彼女はまりえの実質的な保護者であるわけだから。そしてそのためには免色はまず秋川笙子を――多かれ少なかれ――手中に収める必要がある。免色ほどの男にとって、それはとくに困難を伴う作業とも言えないだろう。朝飯前とまでは言えないにせよ。それでも私は、彼がそのような意図を隠し持っているとは思いたくなかった。騎士団長が言うように、彼は常に何かしら企《たくら》みを胸に抱かざるを得ない男なのかもしれない。しかし私の目にはそこまであざとい人間には見えなかった。

「免色さんの家はなかなか見応《みごた》えのある家だよ」と私はまりえに言った。「とても興味深いというか、とにかく目にしておいて損はない」

「先生はメンシキさんのおうちに行ったことがある？」

「一度だけ。夕食をご馳走《ちそう》になった」

「この谷間の向かいにある？」

「うちからだいたい真向かいのところに」

「ここから見える？」

私は少し考えるふりをした。「うん、小さくだけどね」

「見てみたいな」

私は彼女をテラスに連れて行った。そして谷間を隔てた山の上にある、免色の屋敷を指さした。庭園灯がその白い建物を、夜の海上を行く優雅な客船のようにほんのりと浮かびあがらせていた。家のいくつかのガラス窓にはまだ明かりがついていた。どれも遠慮がちな小さな明かりだった。

「あの白い大きな家のこと？」とまりえはびっくりしたように言った。そして私の顔をひとしきりまじまじと見た。それから何も言わず、再び遠くに見える屋敷に視線を戻した。

「あの家ならわたしのうちからもよく見える。見える角度はここからとは少し違っているけど。いったいどんな人があんな家に住んでいるんだろうと、前々から興味を持っていた」

「なにしろよく目立つ家だからね」と私は言った。「でもとにかくあれが免色さんの家だよ」

まりえは手すりから身を乗り出すようにして、長いあいだその屋敷を眺めていた。

その屋根の上にはいくつかの星がまたたいていた。風はなく、小ぶりな堅い雲は空の同じ場所にじっと留まっていた。ベニヤ板の背景に釘《くぎ》でしっかり打ちつけられた舞台装置の雲みたいに。少女がときどき首を曲げると、まっすぐな黒髪が月の光を受けて艶《つや》やかに光った。

「あのうちにメンシキさんはほんとうに一人で住んでいるの？」とまりえが私の方を向いて言った。

「そうだよ。あの広いうちに一人で住んでいる」

「結婚はしていない？」

「結婚したことはないと言っていた」

「どんな仕事をしているひと？」

「よくは知らない。広い意味での情報ビジネスだと言っていた。ＩＴの関係かもしれない。しかし今のところ、決まった仕事はしていないということだ。自分が立ち上げた会社を売却したお金と、あとは株式の配当みたいなもので生活しているんだそうだ。それ以上詳しいことはぼくにはわからない」

「仕事はしていない？」と眉《まゆ》をひそめてまりえは言った。

「本人はそう言っていたよ。家から出ることはほとんどないんだって」

ひょっとしたら、今こちらからこうして免色の家を眺めている我々二人の姿を、免色はあの高性能の双眼鏡で見ているかもしれない。夜中のテラスに並んで立っている私たちを目にして、彼はいったいどんなことを考えるだろう？

「君はそろそろ家に戻った方がいい」と私はまりえに言った。「もう時間も遅いから」

「メンシキさんのことはともかく」と彼女は小さな声で打ち明けるように言った。「わたしは先生にわたしの絵を描いてもらうことを嬉しく思っている。そのことをきちんと言っておきたかった。どんな絵ができるかとても楽しみにしている」

「うまく描けるといいんだけど」と私は言った。そして彼女の言葉に少なからず心を動かされた。この少女は絵のことになると、不思議なくらい素直に心を開くことができるのだ。


私は彼女を玄関まで送った。まりえはぴたりとした薄手のダウン・ジャケットを着て、インディアンズの野球帽を深くかぶった。そうするとどこかの小さな男の子のように見えた。

「途中まで送っていこうか？」と私は尋ねた。

「大丈夫。馴れている道だから」

「それでは来週の日曜日に」

でも彼女はすぐには立ち去らず、そこに立ったまま、ドアの縁を片手でしばらく押さえていた。

「ひとつだけ気になったことがある」と彼女は言った。「鈴のことだけど」

「鈴のこと？」

「さっきここに来る途中で鈴の音が聞こえたような気がした。先生のスタジオに置いてあった鈴とたぶん同じ音だった」

私は一瞬言葉を失った。まりえは私の顔をじっと見ていた。

「どのあたりで？」と私は尋ねた。

「あの林の中。祠の裏のあたりから」

私は暗やみの中に耳を澄ませた。しかし鈴の音は聞こえなかった。どのような音も聞こえなかった。ただ夜の沈黙が降りているだけだ。

「怖くはなかった？」と私は尋ねた。

まりえは首を振った。「こちらからかかわりあいにならなければ、怖いことはない」

「少しここで待っていてくれないか」と私はまりえに言った。そして急ぎ足でスタジオに行った。

棚の上に置いたはずの鈴はもうそこにはなかった。それはどこかに消えてしまっていた。

36 試合のルールについてぜんぜん語り合わないこと

秋川まりえを帰したあと、私はもう一度スタジオに戻ってすべての明かりをつけ、部屋じゅう隈《くま》なく探してみた。しかし古い鈴はどこにも見当たらなかった。それはどこかに消えてしまったのだ。

最後にその鈴を目にしたのはいつのことだっただろう？　先週の日曜日、最初に秋川まりえがうちに来たとき、彼女は棚の上にあった鈴を手にとって振っていた。そしてそれを棚の上に戻した。私はそのときのことをよく覚えていた。そのあと鈴を目にしただろうか？　よく思い出せない。その一週間、私はほとんどスタジオに足を踏み入れなかった。絵筆を一度も手にとらなかったからだ。私は『白いスバル・フォレスターの男』を描きかけていたが、その作業はまったく立ち往生していたし、秋川まりえの肖像にもまだ取りかかっていなかった。いわば創作の谷間に入り込んでいたわけだ。

そしていつの間にか鈴は消えていた。

そして秋川まりえは夜の林を抜けてくるとき、祠の裏手から鈴の音が聞こえてくるのを耳にした。鈴は誰かの手であの穴の中に戻されたということなのだろうか？　私は今からあの穴に足を運んで、鈴の音が実際にそこから聞こえてくるかどうか、確かめてみるべきなのだろうか？

しかし暗い夜の雑木林の中に、これから一人で足を踏み入れようという気持ちには、どうしてもなれなかった。その日は予想もつかないことが次々に起こって、私はいささか疲れていた。誰がなんと言おうと、今日いちにちぶんの「予想もつかないこと」の割り当ては既にこなしているはずだ。

台所に行って冷蔵庫から氷を取りだし、いくつかをグラスに入れ、そこにウィスキーを注いだ。時刻はまだ八時半だった。秋川まりえは無事に林の中を抜け、「通路」を抜けて、家に戻れただろうか？　おそらく問題はあるまい。こちらが心配するほどのことではないのだろう。本人の言によれば、小さい頃からこの周辺をずっと遊び場にしてきたのだから。そして見かけよりずっと芯《しん》の強い子供なのだから。

私は時間をかけてスコッチ・ウィスキーを二杯飲み、クラッカーを何枚かかじり、それから歯を磨いて眠った。あるいは真夜中にまた鈴の音で目を覚まさせられることになるかもしれない。前と同じように午前二時くらいに。仕方ない、もしそうなったらそうなったときのことだ。しかし結局何も起こらなかった。たぶん起こらなかったのだろう。翌朝の六時半まで、ただの一度も目を覚ますことなく私は深く眠った。

目が覚めると、窓の外には雨が降っていた。来たるべき冬の到来を予告するような冷ややかな雨だった。静かで、そして執拗《しつよう》な雨だ。三月に妻が別れ話を持ち出したときに降っていた雨によく似た降り方をしている。妻がその話をしているあいだ、私はおおむね顔を背けて窓の外に降る雨を眺めていた。


朝食のあとで私はビニールのポンチョを着て、雨用の帽子をかぶり（どちらも旅行中に函館のスポーツ用品店で買い求めたものだ）、雑木林の中に入った。傘は差さなかった。そして祠の裏手にまわり、穴にかぶせた板の蓋を半分だけどかせた。懐中電灯で穴の中を念入りに照らしてみたが、中はまったくの空っぽだった。鈴もなく、騎士団長の姿もなかった。しかし念のために、立てかけてあった梯子を使って穴の底に降りてみることにした。私がそこに降りるのは初めてのことだ。金属の梯子は身体《からだ》の重みで一歩ごとにたわみ、不安に感じるほど軋んだ音を立てた。でも結局何も見つからなかった。それはただの無人の穴だった。きれいな円形で、一見して井戸のようだが、井戸にしては直径が大きすぎる。水をくみ上げるのが目的であれば、それほど大きな口径の穴を掘る必要はない。まわりの石の積み方も念入りで緻密《ちみつ》すぎる。造園業者の言ったとおりだ。

　考えごとをしながら、長いあいだそこにじっと立っていた。頭上に半月形に切り取られた空が見えたから、それほどの閉塞感《へいそくかん》は感じなかった。懐中電灯の明かりを消し、薄暗く湿った石壁に背中をもたせかけ、頭上の不規則な雨だれの音を聞きながら目を閉じていた。何を考えているのか、自分でもうまく把握できなかったが、とにかくそこで私は何かの考えを巡らせていた。ひとつの考えが別の考えに繋がり、それがまた違う考えに結びついていった。しかしどう言えばいいのだろう、そこにはどことなく不思議な感覚があった。どう言えばいいのだろう、まるで自分が「考える」という行為そのものにそっくり呑み込まれてしまったような感覚だ。

　私がある考えを持って、生きて動いているのと同じように、この穴もまた思考し、生きて動いているのだ。呼吸をし、伸び縮みしているのだ。私はそのような感触を持った。そして私の思考と穴の思考とはその暗闇の中で根を絡《から》め合い、樹液を行き来させているようだった。自己と他者が溶けた絵の具のように混濁し、その境目がどんどん不鮮明になっていった。

それからやがて、周りの壁がだんだん狭まってくるような感覚に襲われた。私の胸の中で、心臓が乾いた音を立てて伸縮していた。心臓の弁が開いたり閉まったりする音まで聞こえそうだった。自分が死後の世界に近づいているような、ひやりとした気配がそこにあった。その世界は決して嫌な感じのする場所ではなかったけれど、私がまだ行くべきではないところだった。

そこで私ははっと意識を取り戻し、一人歩きする思考を断ち切った。そしてもう一度懐中電灯のスイッチをつけ、あたりを照らしてみた。梯子はまだそこに立てかけてあった。頭上には前と同じ空が見えた。それを目にして私は安堵《あんど》の息をついた。空がなくなり、梯子が消えていても不思議はなかったんだ、と私は思った。ここではどんなことだって起こりうるのだ。

段をひとつひとつしっかり握りしめながら、慎重に梯子を上った。そして地上に到達し、両足で濡《ぬ》れた地面を踏みしめ、それでようやく正常に呼吸ができるようになった。心臓の動悸《どうき》も次第に収まっていった。それからもう一度穴の中を覗《のぞ》き込んでみた。

懐中電灯の光で隅々まで照らしてみた。穴はいつも通りの当たり前の穴に戻っていた。それは生きてもおらず、思考してもおらず、壁は狭まってもいなかった。その穴の底を、十一月半ばの冷たい雨が静かに濡らしていた。

蓋を元通りにして、その上に重しの石を並べた。もとあった通りに正確に石を並べた。誰かがまた石をどかしたら、すぐにそれとわかるように。そして帽子をかぶりなおし、もと来た道を引き返した。

しかし騎士団長はいったいどこに消えてしまったのだろう？　私は林の中の道を歩きながらそのことを考えた。かれこれ二週間以上彼の姿を見かけていない。不思議なことに、彼がそれほど長く姿を見せないことを、私はいくらか淋《さび》しく感じていた。たとえよくわけのわからない存在であるにせよ、ずいぶん奇妙なしゃべり方をするにせよ、私の性行為を勝手にどこかから見物しているにせよ、小さな剣を帯びた小柄な騎士団長に対して、私はいつしか親近感に似た感情を抱くようになっていた。騎士団長の身に悪いことが起こっていなければいいのだが、と願った。

家に戻るとスタジオに入り、いつもの古い木製のスツールに座って（それはおそらく雨田具彦が仕事をするときに座っていたはずのスツールだ）、壁にかけた『騎士団長殺し』を長いあいだ見つめた。私は何をすればいいのかわからないとき、よくそうやってその絵をいつ果てるともなく眺めたものだ。いくら見ても見飽きることのない絵だった。その一幅の日本画は、本来どこかの美術館のもっとも重要な所有作品のひとつとなってしかるべきなのだ。しかし実際にはこの狭いスタジオの簡素な壁にかけられ、私一人だけのものになっている。それ以前は誰の目にも触れず、屋根裏に隠されていた。

　この絵は何かをうったえかけている、と秋川まりえは言った。まるで鳥が狭い檻から外の世界に出たがっているみたいな。

　その絵を見れば見るほど、まりえの口にしたことは正鵠《せいこく》を射ていると私には思えた。そのとおりだ。たしかに何かがそこから、その囚《とら》われた場所から外に出ようと必死にもがいているように見える。それは自由と、より広い空間を希求している。その絵画を力強いものにしているのはおそらく、そこにある強い意志なのだ。具体的に鳥が何を意味するのか、檻が何を意味するのか、そこまではわからないにせよ。

　私はその日、何かが無性に描きたかった。私の中で「何かを描きたい」という気持ちが次第に高まっていくのが感じられた。まるで夕刻の潮《しお》がひたひたと満ちてくるみたいに。しかし秋川まりえの肖像に取りかかる気持ちにはなれなかった。それはまだ早すぎる。来週の日曜日まで待とう。そしてまた『白いスバル・フォレスターの男』をもう一度イーゼルの上に載せようという気持ちにもなれなかった。そこには——秋川まりえが指摘するように——何か危険な力を持つものが潜在している。

秋川まりえを描くつもりで、新しい中目《ちゅうめ》のキャンバスがイーゼルの上に用意されていた。私はその前のスツールに腰を下ろし、そこにある空白を長いあいだじっと眺めていた。でもそこに描くべきイメージは湧《わ》いてこなかった。空白はいつまでたっても空白のままだった。いったい何を描けばいいのだろう？　でもしばらく考えているうちに、自分が今何を描きたがっているのかにようやく思い当たった。

私はキャンバスの前を離れ、大型のスケッチブックを取り出した。そしてスタジオの床に座って壁にもたれ、あぐらをかき、鉛筆を使ってそこに石室の絵を描いていった。いつもの2Bではなく、HBを使った。雑木林の中の、石塚の下から現れたあの不思議な穴だ。私はさっき見てきたばかりのその光景を頭に再現し、できるだけ詳細にスケッチしていった。奇妙なほど緻密に積み上げられたその石壁を描いた。穴のまわりの地面を描き、そこに美しい模様のように張りついている濡れた落ち葉を描いた。穴を隠すように覆《おお》っていたススキの茂みは重機のキャタピラに踏みつぶされ、倒れ伏していた。

その絵を描いているあいだ私は、自分がその雑木林の中の穴と一体化していくような奇妙な感覚に再び襲われた。その穴は確かに自らが描かれることを求めているようだった。正確に緻密に描かれることを。そして私はその求めを受け止めるべく、ほとんど無意識に手を動かしていた。そのあいだに私が感じていたのは夾雑物《きょうざつぶつ》のない、ほとんど純粋な造形の喜びだった。どれほど時間が経過したのか、ふと気がつくと私はスケッチブックの画面を黒い鉛筆の線で埋め尽くしていた。

私は台所に行って、冷たい水をグラスに何杯か飲み、コーヒーを温めてマグカップに注ぎ、そのカップを手にスタジオに戻った。スケッチブックの開いたページをイーゼルの上に載せ、スツールに腰掛け、少し離れたところからそのスケッチをあらためて眺めた。そこにはあの林の中の丸い穴がどこまでも正確に、リアルに再現されていた。その穴は本当に生命を持っているように見えた。というか実物の穴より、より生きているように見えた。私はスツールから降りて、近くに寄ってそれを眺め、また違う角度からそれを眺めた。そしてそれが女性の性器を連想させることに気づいた。キャタピラに踏みつぶされたススキの茂みは陰毛そっくりに見える。

私は一人で首を振った。そして苦笑しないわけにはいかなかった。まったく絵に描いたようなフロイト的解釈だ。まるでそのへんの頭でっかちの評論家みたいな言いぐさじゃないか。「あたかも孤独な女性性器を想起させるような、この地面に開かれた暗い穴は、作者の無意識の領域から浮かび上がってきた記憶と欲望の表象として機能しているように見受けられる」とか。くだらない。

しかしそれでも、その林の中の丸い不思議な穴が女性性器と結びついているという思いは、私の頭を去らなかった。だから少しあとで電話のベルが鳴り出したとき、その音を聞いただけで、人妻のガールフレンドからの電話だと予測がついた。

そして実際にそれは彼女からの電話だった。

「ねえ、急に時間があいちゃったんだけど、これからそちらに行っていいかしら？」

私は時計に目をやった。「かまわないよ。お昼ご飯でも一緒に食べよう」

「何か簡単に食べられそうなものを買っていく」と彼女は言った。

「それはいいな。朝からずっと仕事をしていたもので、何も用意してないんだ」

彼女は電話を切った。私は寝室に行ってベッドをきれいにセットし、床に散らかっていた衣服を拾い上げ、畳んでタンスの抽斗《ひきだし》にしまった。流し台の中にあった朝食の食器を洗って片付けた。

それから居間に行って、いつものようにリヒアルト・シュトラウスの『薔薇《ばら》の騎士』（ゲオルグ・ショルティ指揮）のレコードをターンテーブルに載せ、ソファの上で本を読みながら、ガールフレンドがやって来るのを待った。そして秋川笙子はいったいどんな本を読んでいたのだろうと、ふと思った。彼女はいったいどのような種類の本にあれほど熱中できるのだろう？

ガールフレンドは十二時十五分にやってきた。彼女の赤いミニが家の前に停まり、食料品店の紙袋を抱えた彼女が車から降りてきた。雨はまだ音もなく降り続いていたが、彼女は傘をささなかった。黄色いビニールのレインコートを着て、そのフードを頭にかぶり、足早に歩いてやってきた。私は玄関のドアを開け、紙袋を受け取り、そのまま台所に持って行った。レインコートを脱ぐと、彼女はその下に鮮やかな草色のタートルネックのセーターを着ていた。そのセーターの下で、彼女の二つの乳房はきれいな盛り上がりを見せていた。秋川笙子の胸ほど大きくはないが、程良い大きさだった。

「朝からずっと仕事をしていたの？」

「そうだよ」と私は言った。「でも誰かに頼まれた仕事じゃない。自分で何かが描きたくなって、思いついたことを気楽に描いていたんだ」

「徒然《つれづれ》なるままに」

「まあね」と私は言った。

「いいよ、もちろん」と私は言った。

「よかった」と彼女は言った。「じゃあ昼ご飯を食べるのはあとにしない？」

「いや、それほどでもない」

「おなかはすいた？」


「どうして今日はこんなに意欲的に盛り上がっているのかしら？」と彼女はベッドの中で、少し後で私に尋ねた。

「どうしてだろうね」と私は言った。朝から夢中になって、地面に開いた直径二メートル弱の奇妙な穴の絵を描いていたからかもしれない。描いているうちに、それが女性器のように思えてきて、それで性的な欲望が少なからず刺激されたみたいだ……いくらなんでもそんなことは言えない。

「しばらく君に会っていなかったし、そのせいで君を強く求めていたんだと思う」と私はより穏やかな表現を選んで口にした。

「そう言ってくれると嬉しい」と彼女は私の胸を指先でそっと撫《な》でながら言った。

「でも本当は、もっと若い女の子が抱きたいとか思っているんじゃないの？」

「そんなことは思わないよ」と私は言った。

「本当に？」

「考えたこともない」と私は言った。そして実際にそのとおりだった。私は彼女との性的な交わりを、それ自体として純粋に楽しんでいたし、彼女のほかの誰かにそういうものを求めたいとは思いもしなかった（もちろんユズとのあいだのその行為は、まったく別の成り立ちのものだった）。

それでも私は、現在秋川まりえの肖像を描いていることを、彼女には言わないでおくことにした。十三歳の美しい少女をモデルにして絵を描いていることは、彼女の嫉《しっ》妬《と》心《しん》を微妙に刺激することになるかもしれないと思ったからだ。たとえどのような年齢であれ、すべての女性にとってすべての年齢は、とりもなおさず微妙な年齢なのだ。四十一歳であれ、十三歳であれ、彼女たちは常に微妙な年齢と向き合っているのだ。それは私がこれまでのささやかな女性経験から身をもって学んだ教訓のひとつだった。

「でもね、男女の仲って、なんだか不思議なものだと思わない？」と彼女は言った。

「不思議って、どんな風に？」

「つまり私たちはこんな風につきあっている。ついこのあいだ知り合ったばかりなのに、こうしてお互いすっかり裸になって抱き合っている。とても無防備に、恥じらいなく。そういうのって、考えてみれば不思議じゃない？」

「不思議かもしれない」と私は静かに同意した。

「ねえ、これをゲームだとして考えてみて。純粋なゲームではないにせよ、ある種のゲームみたいなものだと。そう考えないことにはうまく話の筋が通らないから」

「考えてみる」と私は言った。

「で、ゲームにはルールが必要よね？」

「必要だと思う」

「野球にもサッカーにも、分厚いルールブックがあって、いろんな細かい規則がそこにいちいち文章化されていて、審判や選手たちはそれを覚え込まなくちゃならない。そうしないことには試合が成立しない。そうよね？」

「そのとおりだ」

彼女はそこでしばらく時間を置いた。そのイメージが私の頭にしっかり根付くのを待った。「それで、私が言いたいのは、私たちはこのゲームのルールについて、一度でもきちんと話しあったことがあったかしら、ということなの。あったかな？」

私は少し考えてから言った。「たぶん、なかったと思う」

「でも現実的に、私たちはある種の仮想のルールブックに沿って、このゲームを進めている。そうよね？」

「そう言われれば、そうかもしれない」

「それはつまりこういうことじゃないかと思うの」と彼女は言った。「私は私の知っているルールに従ってゲームを進めている。そしてあなたはあなたの知っているルールに従ってゲームを進めている。そして私たちはおたがいのルールを本能的に尊重している。そして二人のルールがぶつかりあって、面倒な混乱を来《きた》さない限り、そのゲームは支障なく進行していく。そういうことじゃないかな？」

　私はそれについてしばらく考えた。「そうかもしれない。ぼくらはお互いのルールを基本的に尊重している」

「でもそれと同時に、私は思うんだけど、それは尊重とか信頼というよりは、むしろ礼儀の問題じゃないかしら」

「礼儀の問題？」と私は彼女の言葉を反復した。

「礼儀は大事よ」

「たしかにそうかもしれない」と私は認めた。

「でもそれが――信頼なり尊重なり礼儀なりが――うまく機能しなくなり、お互いのルールがぶつかりあって、ゲームがスムーズに進められないようになると、私たちは試合を中断して、新たな共通ルールを定めなくてはならなくなる。あるいはそのまま試合を止めて、競技場から立ち去らなくてはならない。そしてそのどちらを選ぶかは、言うまでもなく大事な問題になる」

それがまさに私の結婚生活において起こったことだ、と私は思った。私はそのまま試合を中止して、競技場から静かに立ち去ることになった。三月の冷ややかな雨の降る日曜日の午後に。

「それで君は」と私は言った。「ぼくらが試合のルールについて、ここであらためて語り合うことを求めているの？」

彼女は首を振った。「いいえ、あなたは何もわかっていない。私が求めているのは、試合のルールについて何ひとつぜんぜん語り合わないことよ。だからこそ、私はこうしてあなたの前で剝《む》き出しになれるの。それでかまわないかしら？」

「ぼくはかまわないけれど」と私は言った。

「とりあえずの信頼と尊重。そしてとくに礼儀」

「そしてとくに礼儀」と私は繰り返した。

彼女は手を伸ばして、私の身体の一部を握りしめた。

「また堅くなっているみたい」と彼女は私の耳元でささやくように言った。

「今日が月曜日だからかもしれない」と私は言った。

「曜日が何かこれ、と関係あるわけ？」

「朝から雨が降り続いているからかもしれない。冬が近づいているせいかもしれない。渡り鳥が姿を見せ始めたからかもしれない。茸《きのこ》が豊作だからかもしれない。水がコップにまだ十六分の一も残っているからかもしれない。君の草色のセーターの胸のかたちが刺激的だったからかもしれない」

それを聞いて彼女はくすくす笑った。どうやら私の答えが気に入ったようだった。

夕方に免色から電話がかかってきた。彼は前日の日曜日の礼を言った。礼を言われるほどのことは何もしていない、と私は言った。実際の話、私はただ彼を二人に紹介しただけなのだ。そこから何がどのように発展していくのか、それは私の関与するところではないし、そういう意味では私はただの部外者に過ぎなかった。というか、いつまでも部外者のままにとどめておいてもらいたかった（そう都合よく話は進まないだろうという予感はあったにせよ）。

「実は今日こうしてお電話したのは、雨田具彦さんの件についてなんです」、免色は挨拶《あいさつ》を終えるとそう切り出した。「あれからまた少し情報が入ってきたもので」

彼はまだその調査を続けさせているのだ。実際に足を使って調査をしているのが誰であるにせよ、それだけ綿密な仕事をさせるには相当な費用がかかるに違いない。免色は自分が必要だと感じるものごとには、惜しまず金をつぎ込める男なのだ。しかし雨田具彦のウィーン時代の体験が、彼にとってなぜ必要性を持っているのか、それがどれほどの必要性なのか、私には見当がつかなかった。

「これは雨田さんのウィーン時代のエピソードには直接関係しないことかもしれません」と免色は言った。「しかし時期的に重なりあっていることですし、雨田さん個人にとってはおそらくきわめて重要な意味を持っていたはずです。ですからいちおうお話ししておいた方がいいだろうと思ったのです」

「時期的に重なりあっている？」

「前にもお話ししたように、雨田具彦は一九三九年の初めにウィーンをあとにして、日本に戻ることになります。形式上は強制送還ということになっていますが、実質的にはゲシュタポからの雨田具彦の〈救出〉でした。日本の外務省とナチス・ドイツの外務省とが秘密裏に協議して、雨田具彦は罪に問わず、国外に追放するにとどめるという結論に達したのです。暗殺未遂事件は一九三八年に持ち上がっているわけですが、その伏線はその年に起こった一連の重要な事件にあります。アンシュルス（独墺《どくおう》合併）とクリスタル・ナハト（水晶の夜）です。アンシュルスは三月に、クリスタル・

ナハトは十一月に起こっています。その二つの出来事によって、アドルフ・ヒットラーの暴力的な意図は誰の目にも明確になります。そしてオーストリアもその暴力装置にしっかりと組み込まれていきます。抜き差しならないほど深く。その流れをなんとか阻止しようという地下抵抗運動が学生たちを中心にして生まれ、そしてその年に雨田具彦は暗殺未遂事件に関与して逮捕されます。その前後の経緯については理解していただけましたね」

「おおよそ理解できていると思います」と私は言った。

「歴史はお好きですか？」

「それほど詳しくはありませんが、歴史の本を読むのは好きです」と私は言った。

「日本の歴史に目を向けても、その前後にはいくつかの重要な事件が持ち上がっています。いくつかの致命的な、破局に向けて後戻りすることのできない出来事が。思い当たることはありますか？」

私は頭の中に長いあいだ埋もれたままになっている歴史の知識を洗い直してみた。一九三八年、つまり昭和十三年にいったい何が起こっただろう？　ヨーロッパではスペイン内乱が激化している。ドイツのコンドル軍団がゲルニカに無差別爆撃をくわえたのもたしかその頃だ。日本では……？

「盧溝橋《ろこうきょう》事件があったのはその年でしたっけ?」と私は言った。

「それは前の年です」と免色は言った。「一九三七年七月七日に盧溝橋事件が起こり、それをきっかけに日本と中国の戦争が本格化していきます。そしてその年の十二月にはそこから派生した重要な出来事が起こります」

その年の十二月に何があったか?

「南京入城《ナンキン》」と私は言った。

「そうです。いわゆる南京虐殺《ぎゃくさつ》事件です。日本軍が激しい戦闘の末に南京市内を占拠し、そこで大量の殺人がおこなわれました。戦闘に関連した殺人があり、戦闘が終わったあとの殺人がありました。日本軍には捕虜を管理する余裕がなかったので、降伏した兵隊や市民の大方を殺害してしまいました。正確に何人が殺害されたか、細部については歴史学者のあいだにも異論がありますが、とにかくおびただしい数の市民が戦闘の巻き添えになって殺されたことは、打ち消しがたい事実です。中国人死者の数を四十万人というものもいれば、十万人というものもいます。しかし四十万人と十万人の違いはいったいどこにあるのでしょう?」

もちろん私にはそんなことはわからない。

私は尋ねた。「十二月に南京が陥落し、多くの人が殺された。しかしそのことが雨田具彦さんのウィーンでの事件に何か関係しているのですか？」

「今からその話をします」と免色は言った。「一九三六年十一月には日独防共協定が成立し、その結果日本とドイツは歴然とした同盟関係に入っていきますが、ウィーンと南京とでは現実的にかなりの距離がありますし、現地では日中戦争について、おそらくそれほど詳しい報道もされなかったでしょう。しかし実を言うと、その南京攻略戦には雨田具彦の弟の継彦《つぐひこ》が一兵卒として参加していました。徴兵されて実戦部隊に加わっていたわけです。彼は当時二十歳で、東京音楽学校、つまり今の東京藝大《げいだい》音楽学部の現役の学生でした。ピアノの勉強をしていたんです」

「それは不思議ですね。ぼくの知る限りにおいては、当時はまだ現役の学生は徴兵免除をされていたはずですが」と私は言った。

「ええ、おっしゃるとおりです。現役の大学生は卒業するまでは徴兵を猶予《ゆうよ》されていました。なのにどうして雨田継彦が徴兵されて中国に送られることになったのか、その理由はわかりません。しかし何はともあれ、彼は一九三七年の六月に徴兵され、翌年の六月まで、陸軍二等兵として熊本第六師団に所属しています。住んでいたのは東京ですが、戸籍は熊本になっていたので、第六師団に編入されました。その記録は文書に残っています。そして基礎訓練を受けたあと中国大陸に派遣され、十二月の南京攻略戦に参加しました。翌年六月の除隊後は学校に復帰しています」

私は黙って話の続きを待った。

「しかし除隊し、復学して間もなく、雨田継彦は自らの命を絶っています。自宅の屋根裏部屋で剃刀《かみそり》を使って、手首を切って死んでいるのが、家族によって発見されました。夏の終わり頃のことでした」

屋根裏で手首を切った？

「一九三八年の夏の終わり頃というと……つまりその弟さんが屋根裏で自殺を遂げたとき、雨田具彦さんはまだ留学生としてウィーンに滞在していたわけですね？」と私は尋ねた。

「そうです。彼は葬儀のために日本には戻りませんでした。当時はまだ飛行機便はそれほど発達していませんでしたし、鉄道か船で帰るしかありません。だからどうせ弟の葬儀には間に合わなかったわけですが」

「弟の自殺と、それとほとんど時を同じくして雨田具彦がウィーンで暗殺未遂事件を起こしたこととのあいだには、何かしら関連性があるのではないかと、免色さんは考えておられるわけですか？」

「あるかもしれませんし、ないかもしれません」と免色は言った。「それはあくまで憶測の領域になります。私はただ調査で判明した事実を、あなたにそのままお伝えしているだけです」

「雨田具彦にはほかに兄弟姉妹はいたのでしょうか？」

「お兄さんが一人いました。雨田具彦は次男でした。三人兄弟で、死んだ雨田継彦は三男になります。彼の自殺は不名誉なこととして世間には伏せられました。熊本第六師団は剛胆勇猛《ごうたんゆうもう》な部隊として名を馳《は》せていました。戦地から帰国して名誉の除隊をしたものがそのまま自殺なんかしたら、家族も世間に顔向けができません。しかしご存じのように噂《うわさ》というのは広まるものです」

　私は情報を教えてくれた礼を言った。それが具体的に何を意味するのか、私にはまだよくわからなかったけれど。

「もう少し詳しく事情を調べてみようと思っています」と免色は言った。「何かわかったらまたお知らせします」

「お願いします」

「それでは、来週の日曜日のお昼過ぎに、あなたの家にうかがいます」と免色は言った。「そしてあのお二人をうちにご案内します。あなたの絵をお見せするために。それはもちろんかまいませんよね？」

「もちろんかまいません。あの絵は既に免色さんの所有するものです。誰に見せても、誰に見せなくても、すべてあなたのご自由です」

免色はしばし沈黙した。まるでいちばん正しい言葉を探しているみたいに。それからあきらめたように言った。「正直言って、ときどきあなたのことがとてもうらやましくなります」

うらやましくなる？

彼が何を言いたいのかよくわからなかった。免色が私の何かをうらやましく思うなんて、まったく想像がつかないことだ。彼はすべてを持っているし、私は何ひとつ持っていない。

「ぼくのいったい何がうらやましいのでしょう？」と私は尋ねた。

「あなたはきっと、誰かのことをうらやましいと思ったりはしないのでしょうね？」と免色は言った。

少し間を置いて考えてから私は言った。「たしかにこれまで、誰かのことをうらやましいと思ったことはないかもしれない」

「私が言いたいのはそういうことです」

でも私にはもうユズさえいない、と私は思った。彼女は今ではどこかで、誰かほかの男の腕に抱かれている。時折、自分が世界の果てに一人で置き去りにされたような気持ちにさえなる。しかしそれでも、私はほかの誰かをうらやましいと思ったことがない。それはやはり奇異に感じるべきことなのだろうか？

電話を切ったあと、私はソファに腰掛け、屋根裏部屋で手首を切って自殺したという雨田具彦の弟について考えた。屋根裏といっても、もちろんこの家の屋根裏であるはずはない。雨田具彦がこの家を買ったのは、戦後になってからだから。弟の雨田継彦は自宅の屋根裏で自殺を遂げたのだ。おそらくは阿蘇の実家だろう。それでも屋根裏という薄暗い秘密の場所が、弟の雨田継彦の死と『騎士団長殺し』という絵画を結びつけていた。ただの偶然かもしれない。それとも雨田具彦はそのことを意識して『騎士団長殺し』をここの屋根裏に隠したのかもしれない。しかしいずれにせよ、雨田継彦はなぜ除隊してまもなく、自らの命を絶たなくてはならなかったのだろう？中国戦線の激しい戦闘をなんとか生き延び、五体無事に帰国できたというのに？

私は受話器をとり、雨田政彦《まさひこ》に電話をかけた。

「一度東京で会うことはできないかな」と私は政彦に言った。「そろそろ画材屋に行って、絵の具なんかを買い込まなくちゃならないんだ。そのついでに君とちょっと話ができればと思うんだけど」

「いいよ、もちろん」と彼は言った。そして予定表を調べた。結局我々は木曜日の昼頃に会って、昼食を共にすることになった。

「四谷のいつもの画材屋に行くのか？」

「そうだよ。キャンバスの布地も必要だし、オイルも足りなくなってきている。ちょっとした荷物になるだろうから、車で行く」

「うちの会社の近くに、わりに落ち着いて話ができる店がある。そこでゆっくり飯を食おう」

　私は言った。「ところで、ユズがこのあいだ離婚届の書類を送ってきて、それに署名捺印《なついん》して送り返した。だから近いうちに正式に離婚が成立するんじゃないかと思う」

「そうか」といくぶん沈んだ声で雨田は言った。

「まあ、仕方ない。時間の問題だったからね」

「でもそれを聞いて、おれとしてはとても残念だよ。君らはずいぶんうまくやっていると思っていたんだけど」

「うまくいっているあいだは、ずいぶんうまくいっていたと思う」と私は言った。古いジャガーと同じだ。トラブルの発生しないうちはとても気持ちよく走る。

「それでこれからどうするんだ？」

「どうもしないよ。しばらくはこのまま生きていく。ほかにするべきことも思いつけないし」

「それで、絵は描いているか？」

「進行中のものがいくつかある。うまくいくかどうかはわからないけれど、とにかく描いてはいる」

「それはよかった」と雨田は言った。そして少し迷ってから、付け加えるように言った。「電話をもらってちょうどよかった。実を言うと、おれの方からおまえに話したいことも少しあったからな」

「良い話か？」

「良いか悪いか、いずれにせよ紛れもない事実だ」

「ユズのことか？」

「電話では話しにくい」

「じゃあ、木曜日に話そう」

私は電話を切り、テラスに出てみた。雨はもうすっかりあがっていた。夜の空気はくっきりと澄んで冷え込んでいた。割れた雲間からいくつか小さな星が見えた。星は散らばった氷のかけらのように見えた。何億年ものあいだ溶けることのない硬い氷だ。芯まで凍りついている。谷間の向こう側には、免色の家がいつものようにクールな水銀灯の明かりを受けてぼんやり浮かび上がっていた。

私はその明かりを眺めながら、信頼と尊重と礼儀について考えた。とくに礼儀について。しかしもちろん、どれだけ考えても何の結論も導き出されなかった。

37

どんなものごとにも明るい側面がある

小田原近郊の山の上から東京までは長い道のりだった。何度か道を間違え、そのせいで時間をくった。私の乗っている中古車にはもちろんナビゲーション・システムなんてついていないし、ＥＴＣの機器も搭載《とうさい》されていない（たぶんカップ・ホールダーがついているだけでも感謝しなくてはならないのだろう）。まず最初に小田原厚木道路の入り口を見つけるのにかなり手間取ったし、東名高速道路から首都高速道路に入ったものの、道路はひどく渋滞していたので、三号線の渋谷出口で降りて、青山通りをとおって四谷までいくことにした。一般道路もやはり混雑しており、そんな中で適切な車線を選ぶのは至難の業だった。駐車場を見つけるのも簡単ではなかった。世界は年を追ってどんどん面倒な場所になっていくみたいだ。

四谷の画材屋で必要な買い物を済ませ、荷物を後部席に積み込み、それから雨田の会社のある青山一丁目の近くに車を停めたときには、私はかなりくたくたになっていた。まるで都会の親戚《しんせき》を訪れた田舎の鼠《ねずみ》のように。時刻は午後一時過ぎを指しており、約束より三十分遅刻していた。

私は彼の会社の受付に行って、雨田を呼び出してもらった。雨田はすぐに下に降りてきた。私は遅刻したわびを言った。

「気にしなくていいよ」と彼はなんでもなさそうに言った。「店の方も、こっちの仕事の方も、それくらいの時間の融通はきくから」

彼は私を近所のイタリアン・レストランに連れて行った。小さなビルの地下にある店だった。いつも使っている店らしく、ウェイターは彼の顔を見ると、何も言わずに我々を奥の小さな個室に通した。音楽もなく人の声も聞こえず、とても静かな部屋だった。壁にはなかなか悪くない風景画がかかっていた。緑の岬と青い空、そして白い灯台。題材としてはありきたりだが、少なくとも「そういう場所に行ってみるのも悪くないかもしれない」という気持ちを見る人に起こさせる絵だった。

雨田は白ワインのグラスを注文し、私はペリエを頼んだ。

「これから運転して小田原まで帰らなくちゃならないからね」と私は言った。「ずいぶん遠い道のりだ」

「たしかに」と雨田は言った。「でもな、葉山とか逗子《ずし》に比べたらずっとましだよ。おれはしばらく葉山に住んでいたことがあったけど、夏場にあそこと東京を車で往復するのは、まさに地獄だったな。海に遊びに来る連中の車で道路が渋滞しまくっているんだ。行き帰りがもう半日仕事だったよ。その点、小田原方面は道路がそれほどは込まないから楽でいい」

メニューが運ばれてきて、我々はランチのコースを注文した。生ハムの前菜と、アスパラガスのサラダと、アカザエビのスパゲティー。

「おまえもやっとまともに絵を描きたいという気持ちになってきたんだな」と雨田は言った。

「一人になって、生活のために絵を描く必要がなくなったからじゃないかな。それで自分のための絵を描きたいという意欲が出てきたのかもしれない」

政彦は肯《うなず》いて言った。「どんなものごとにも明るい側面がある。どんなに暗くて厚い雲も、その裏側は銀色に輝いてる」

「いちいち雲の裏側にまわって眺めるのは手間がかかりそうだ」

「まあ、いちおうセオリーとして言っているだけだよ」と雨田は言った。

「それから、あの山の上の家に住むようになったせいもあるかもしれないな。たしかに集中して絵を描くには申し分のない環境だから」

「ああ、あそこはとびっきり静かだし、まず誰も訪ねてこないから気も散らない。普通の人間にはいささか寂しすぎるけど、おまえみたいなやからなら問題あるまいと踏んだんだ」

　部屋のドアが開いて、前菜がテーブルに運ばれてきた。皿が並べられるあいだ、我々は黙っていた。

「そしてあのスタジオの存在がずいぶん大きいかもしれない」、ウェイターが行ってしまうと私は言った。「あの部屋には、絵を描きたいと人に思わせる何かがあるような気がするんだ。あそこが家の核心になっていると感じることがある」

「人体で言えば心臓みたいに？」

「あるいは意識みたいに」

「ハート・アンド・マインド」と政彦は言った。「でもな、実を言うと、おれはあの部屋がちっとばかし苦手なんだ。あそこにはあまりにもあの人の匂《にお》いが染《し》みこみすぎている。いまだに気配がしっかり漂っているっていうかさ。なにしろ父はあの家にいるとき、ほとんど一日スタジオに籠《こ》もりきりで、一人で黙々と絵を描いていたからな。そして子供にとっては、あそこは決して近づいてはならない神聖にして不可侵な場所になっていた。そういう記憶がまだ残っているのか、あの家に行っても、今でもスタジオにはできるだけ近寄らないようにしているんだ。おまえも気をつけた方がいいぜ」

「気をつけるって、何に？」

「父のタマシイみたいなものにとりつかれないようにな。なにしろタマシイの強い人だから」

「タマシイ？」

「タマシイっていうか、言うなれば気合いのようなものだ。気の流れが強い人なんだ。そしてそういうのって長い時間のあいだに、特定の場所にたっぷりと染みこんじまうのかもしれない。匂いの粒子みたいにさ」

「それにとりつかれる？」

「とりつかれるというのは、表現が良くないかもしれないが、何かしらの影響を受けることはあるんじゃないかな。その場の力みたいなものに」

「どうだろう。ぼくはただの留守番だし、だいたい君のお父さんに会ったこともない。

だからあまりそういう負担は感じずに済むのかもしれない」

「そうだな」と雨田は言った。そして白ワインを一口すすった。「おれは身内だから余計に敏感になってしまうのかもしれない。それにまあ、そういう〈気配〉がおまえの創作意欲にプラスに作用しているなら、それはそれで言うこともないんだろうし」

「それで、お父さんはお元気なのか？」

「ああ、とくに具合の悪いところはないんだ。なにしろもう九十を越しているから、元気そのものとは言えないし、頭は避けがたく混沌《こんとん》に向かっているけれど、杖《つえ》を使ってなんとか歩くことはできるし、食欲もあるし、目も歯もしっかりしている。なにしろ虫歯一本ないんだから、おれの歯よりもきっと丈夫だよ」

「記憶はずいぶん失われてしまっているのか？」

「ああ、ほとんど何も覚えちゃいないよ。息子であるおれの顔だって思い出せないくらいだからな。親子とか家族とかいう観念はもうないんだ。自己と他者との違いも曖《あい》昧《まい》になっているかもしれない。そういうのも考えようによっては、すっきりしてかえって楽なのかもしれないが」

私は細いグラスに注がれたペリエを飲みながら肯いた。雨田具彦は今ではもう一人息子の顔さえ思い出せない。ウィーン留学時代に起こったことなど、遠く忘却の彼方《かなた》に消えてしまっているはずだ。

「しかしそれでも、さっき言った気の流れみたいなのは、まだ本人の中に残っているみたいだ」と雨田は感慨深げに言った。「なんだか不思議なものだね。過去の記憶はほとんど消えてしまっても、意志の力みたいなものはまだちゃんとそこに留まっているんだ。それは見ていればわかる。よほど気合いの強い人だったんだな。息子であるおれがそういう資質を引き継げなかったことについては、少しばかり申し訳なく思っているが、それはしょうがない。人にはそれぞれの、生まれつきのウツワっていうものがあるんだ。ただ血筋がつながっているっていうだけで、そういう資質は引き継げるものじゃない」

私は顔を上げて、彼の顔をあらためて正面から見た。雨田がそんな風に気持ちを正直に吐露《とろ》するのは珍しいことだった。

「偉い父親を持つというのはきっと大変なことなんだろうな」と私は言った。「ぼくにはどういうものなのか、さっぱりわからないけど。うちの父親はあまりぱっとしない中小企業の経営者だったから」

「父親が有名だと、もちろん得をすることもあるけれど、あまりおもしろくないこともある。数からいうと、おもしろくないことの方が少し多いかもしれない。おまえの場合は、そういうことがわからないぶんラッキーだったんだよ。自由に自分のままでいられるからさ」

「君は君で自由に生きているみたいに見えるけれど」

「ある意味ではな」と雨田は言った。そしてワイングラスを手の中で回した。「でもある意味ではそうじゃない」

雨田はそれなりに鋭い美的感覚を具《そな》えていた。大学を出て中堅の広告代理店に就職し、今ではかなりの高給を取り、気楽な独身者として都会生活を自由に楽しんでいるように見えた。でも実際のところがどうなのか、もちろんそれは私にもわからない。

「君のお父さんのことで少し尋ねたいことがあったんだ」と私は切り出した。

「どんなことだろう？　そう言われても、おれだって親父《おやじ》のことはそれほどよく知らないんだが」

「お父さんには、継彦さんという名前の弟がいたという話を聞いた」

「ああ、たしかに親父には弟が一人いた。おれの叔父にあたる人だ。でもこの人はずっと昔に亡《な》くなっている。日米戦争の始まる前の話だけど」

「自殺したと聞いているんだけど」

雨田は顔を少し曇らせた。「ああ、そいつはいちおう家庭内の秘密ってことになっているんだが、ずいぶん昔の話だし、一部ではもう知られてしまっている。だからたぶん話してもかまわないだろう。叔父は剃刀で手首を切って自殺した。まだ二十歳そこらの若さで」

「自殺の原因は何だったんだろう？」

「どうしてそんなことを知りたがるんだ？」

「君のお父さんのことが知りたくて、いろいろと資料を調べていたら、そのことに行き当たったんだ」

「おれの父親のことを知りたかった？」

「君のお父さんの描いた絵を見て、履歴を調べているうちに、だんだん興味がわいてきたんだ。どういう人なのかをもっと詳しく知りたくなった」

雨田政彦はテーブル越しにしばらく私の顔を見ていた。それから言った。「いいだろう。おまえはうちの父親の人生に興味を持つようになった。それもあるいは意味のあることなのかもしれない。おまえがあの家に住んでいるのも何かの縁だからな」

彼は白ワインを一口のみ、そして話し始めた。

「叔父の雨田継彦は当時、東京音楽学校の学生だった。才能に恵まれたピアニストだったということだ。ショパンやドビュッシーを得意分野として、将来を嘱望されていたらしい。自分の口から言うのもなんだが、うちの血筋は芸術的才能みたいなものにけっこう恵まれているみたいだ。まあ、程度の差こそあれね。ところが大学在学中、二十歳のときに徴兵された。どうしてかというと、大学に入学したときに出した徴兵猶予の書類に不首尾《ふしゅび》があったからだ。その書類さえきちんと出しておけば、とりあえず徴兵を免れることはできたし、そのあともうまく融通はつけられたんだ。うちの祖父は地方の大地主で、政界にも顔はきいたからね。ところがどうも事務的な手違いがあったらしい。本人にとっても寝耳に水の話だった。しかしシステムというものはいったん動き出したら、簡単には止められない。とにかく問答無用で兵隊に取られ、歩兵部隊の一兵卒として内地で基礎訓練を受けてから輸送船に乗せられ、中国の杭州湾《こうしゅうわん》に上陸した。その当時、兄の具彦は——要するにおれの父親のことだが——ウィーンに留学し、当地の有名な画家に師事していた」

私は黙って話を聞いていた。

「叔父は体格も立派ではないし、神経も繊細で、厳しい軍隊生活や血なまぐさい戦闘に耐えられないことは最初からわかりきっていた。そして南九州から兵隊を集めた第六師団は荒っぽいことで知られていた。だから思いもよらず兵隊にとられて戦地に送られたことを知って、父は心を痛めた。うちの父親は次男坊で、我《が》の強い負けず嫌いな性格だが、弟の方は可愛《かわい》がられて育った末っ子で、引っ込み思案なおとなしい性格だった。そしてピアニストとして指を常に大事にしなくてはならなかった。だからいろんな外圧から三つ年下の弟の身を護《まも》ることが、うちの父親にとっての小さい頃からの習慣みたいになっていた。つまり保護者のような役割をつとめてきたわけだ。しかし今はもう遠く離れたウィーンにいるわけだから、どれだけ案じても役には立たない。ときどき送られてくる手紙で、弟の消息を知るしかなかった」

戦地からの手紙はもちろん厳しい検閲を受けていたが、親しい兄弟ということもあり、その抑制された文面から、彼は弟の心の動きを読み取ることができた。上手に偽装された文脈から、本来の文意をおおよそ推測し、理解できた。弟の部隊が上海《シャンハイ》から南京に至る各地で激しい戦闘をくぐり抜け、その途中で夥《おびただ》しい殺人行為・略奪行為が繰り返されたことも。そしてまた神経の繊細な弟が、そのような幾多《いくた》の血なまぐさい体験を通して深い心の傷を負ったらしいことも。

彼の部隊が占領した南京市内のあるキリスト教会には素晴らしいパイプ・オルガンがあったと、弟は手紙に書いていた。オルガンはまったく無傷で残っていた。しかしそれに続くオルガンについての長い描写は、検閲官の手によって墨で黒く塗りつぶされていた（なぜキリスト教会のオルガンの描写が軍事機密になるのか？　この部隊に関していえば、担当検閲官の検閲基準はかなり不可思議なものだった。当然塗りつぶされるべき危険な箇所が往々にして見逃され、とくに塗りつぶす必要もないようなところが真っ黒に抹消されていることがよくあった)。だからその教会のオルガンを弟が演奏することができたのかどうかも、わからないままに終わっていた。

「継彦叔父は一九三八年の六月に一年間の兵役を終え、すぐに復学の手続きをしたが、実際には復学することもないまま、実家の屋根裏部屋で自死を遂げた。髭剃《ひげそ》り用の剃刀をきれいに研いで、それで手首を切ったんだ。ピアニストが手首を自ら切るには、よほどの決意が必要だったに違いない。もし助かったとしてもおそらくもうピアノは弾けないだろうからね。見つかったとき屋根裏は血の海になっていた。彼が自殺したことは世間にはひた隠しにされた。表向きには心臓病か何かで死んだことにされた。

継彦叔父が戦争体験で深く傷ついて、神経をずたずたに破壊され、それが原因で自らの命を絶ったことは誰の目にも明らかだった。なにしろピアノを美しく弾くこと以外に何ひとつ考えてこなかった二十歳の青年が、あの死屍累々《ししるいるい》の南京戦に放り込まれたわけだからな。今ならトラウマってことになるんだろうが、当時は徹底した軍国主義社会だから、そんな用語も概念もありゃしない。ただ性格が弱い、根性がない、愛国心に欠けているというだけで片付けられてしまう。当時の日本ではそんな『弱さ』

は理解もされなければ、受け入れられもしなかった。ただ家族の恥として闇《やみ》に葬《ほうむ》られるだけだ」

「遺書のようなものはなかったのか？」

「遺書はあった」と雨田は言った。「かなり長い遺書が自室の机の抽斗《ひきだし》に残されていたということだ。遺書というよりはほとんど手記に近いものだったらしい。そこには継彦叔父が戦争中に体験したことが綿々と書き綴《つづ》られていた。その遺書を読んだのは叔父の両親（つまりおれの祖父母）と長兄とうちの父親、その四人だけだ。ウィーンから戻った父親がそれを読んだあと、遺書は四人の見ている前で焼き捨てられた」

　私は何も言わずに話の続きを待った。

「父親はその遺書の内容については堅く口を閉ざしていた」と政彦は続けた。「すべては家庭の暗い秘密として封印され——比喩《ひゆ》的に言うならば——重しをつけて深い海の底に沈められた。しかし一度だけ酔っ払ったときに、父親はおれにそのおおまかな内容を話してくれた。まだそのとき小学生だったんだが、そのとき初めて自殺をした叔父がいたことをおれは知った。父親がその話をしてくれたのが、本当に酔っぱらって口が緩んだからなのか、それともいつかはおれに話し伝えておかなくてはならないと思ったからなのか、そのへんは不明だ」

サラダの皿が下げられ、アカザエビの入ったスパゲティーが運ばれてきた。

政彦はフォークを手にして、それを真剣な目でしばらく眺めていた。特殊な用途のためにつくられた工具を点検するみたいに。それから言った。「なあ、これは正直言って、あまり飯を食いながら話したくなるような話題じゃないんだ」

「じゃあ、何かべつの話をしよう」と私は言った。

「どんな話をする？」

「できるだけ遺書から遠い話をしよう」

我々はスパゲティーを食べながらゴルフの話をした。私はもちろんゴルフなんてやったことがない。周りにゴルフをする人間は一人もいない。ルールだってほとんど知らない。しかし政彦は仕事上のつきあいがあり、最近よくゴルフをするようになった。運動不足を解消する目的もあった。金をかけて道具を買い揃《そろ》え、週末になるとゴルフ場に通うようになった。

「おまえはきっと知らないだろうが、ゴルフっていうのはとことん奇妙なゲームなんだ。あんなに変てこなスポーツってまずないね。他のどんなスポーツにもぜんぜん似ていない。というかスポーツと呼ぶことさえ、かなり無理があるんじゃないかとおれは考えている。しかし不思議なことに、いったんその奇妙さに馴《な》れちまうと、もう帰り道が見えなくなる」

彼はその競技の奇妙さについて能弁に語った。様々な風変わりなエピソードを披露してくれた。政彦はもともと話の上手な男だったから、私は彼の話しぶりを楽しみながら食事をした。久しぶりに二人で笑った。

スパゲティーの皿が下げられ、コーヒーが運ばれてくると（政彦はコーヒーを断って、白ワインのおかわりを注文したが）、政彦は話題を元に戻した。

「遺書の話だったな」。口調が急にあらたまった。「うちの父親が話してくれたところでは、そこには継彦叔父が捕虜の首を切らされた話が記されていた。とても生々しく克明に。もちろん兵卒は軍刀なんて持っちゃいない。これまで日本刀なんて手にしたこともない。なにしろピアニストだからね。複雑な楽譜は読めても、人斬《ひとき》り包丁の使い方なんて何ひとつ知らない。しかし上官に日本刀を手渡されて、これで捕虜の首を切れと命令されるんだ。捕虜といっても軍服を着ているわけじゃないし、武器を所持していたわけじゃない。歳《とし》だってかなりくっている。本人も自分は兵隊なんかじゃないと言っている。ただそのへんにいる男たちを適当に捕まえてきて、縛り上げて殺すだけだ。掌《てのひら》を調べて、ごつごつとしたタコができていればそれは農夫だ。場合によっては放してやる。しかし柔らかな手をしているものがいれば、軍服を脱ぎ捨てて市民に紛れて逃れようとしている正規兵だと見なし、問答無用で殺してしまう。殺し方は銃剣で刺すか、軍刀で首をはねるか、そのどちらかだ。機関銃部隊が近くにいれば、一列に並べてばたばたとまとめて撃ち殺してもらうが、普通の歩兵部隊だと弾丸がもったいないから（弾丸の補給は遅れ気味だから）、だいたい刃物を使う。屍体《したい》はまとめて揚子江《ようすこう》に流す。揚子江にはたくさんナマズがいて、それを片端から食べてくれる。真偽のほどはわからないが話によれば、そのおかげで当時の揚子江には子馬くらいの大きさに肥えたナマズがいたそうだ。

叔父は上官の将校に軍刀を渡され、捕虜の首を切らされた。陸軍士官学校を出たばかりの若い少尉《しょうい》だ。叔父はもちろんそんなことはしたくなかった。しかし上官の命令に逆らったら、これは大変なことになってしまう。制裁を受けるくらいじゃ収まらない。帝国陸軍にあっては、上官の命令は即《すなわ》ち天皇陛下の命令だからな。叔父は震える手でなんとか刀を振るったが、力がある方じゃないし、おまけに大量生産の安物の軍刀だ。人間の首がそんな簡単にすっぱり切り落とせるわけがない。うまくとどめは刺せないし、あたりは血だらけになるし、捕虜は苦痛のためにのたうちまわるし、実に悲惨な光景が展開されることになった」

政彦は首を振り、私は黙ってコーヒーを飲んでいた。

「叔父はそのあとで吐いた。吐くものが胃の中になくなって胃液を吐いて、胃液もなくなると空気を吐いた。そうして、まわりの兵隊たちに嘲《あざけ》られた。情けないやつだと、上官に軍靴《ぐんか》で腹を思い切り蹴飛《けと》ばされたんだ。誰も同情なんてしてくれなかった。結局彼は全部で三度も捕虜の首を切らされたんだ。練習のために、馴れるまでそれをやらされたんだ。それは兵隊としての通過儀礼のようなものだった。そういう修羅場を経験することによって一人前の兵隊になっていくんだと言われた。しかし叔父はそもそも最初から一人前の兵隊になれるわけがなかったんだ。そういう風にはつくられていなかったからな。ショパンとドビュッシーを美しく弾くために生まれてきた男だ。人の首を刎《は》ねるために生まれてきた人間じゃない」

「人の首を刎ねるために生まれてきた人間が、どこかにいるのか?」

　政彦はまた首を振った。「そんなことはおれにはわからんよ。しかし人の首を刎ねるのに馴れることができる人間は少なからずいるはずだ。人は多くのものごとに馴れていくものだ。とくに極限に近い状態に置かれれば、意外なほどあっさり馴れてしまうかもしれない」

「あるいはその行為に意義や正当性を与えられれば」

「そのとおりだ」と政彦は言った。「そして大抵の行為には、それなりの意義や正当性は与えられる。おれにも正直言って自信はない。いったん軍隊みたいな暴力的なシステムの中に放り込まれ、上官から命令を与えられたら、どんなに筋の通らない命令であれ、非人間的な命令であれ、それに対してはっきりノーと言えるほどおれは強くないかもしれない」

私は自分自身について考えてみた。もし同じような状況に置かれたら、私はどのように行動するだろう？　それから、宮城県の港町で一夜を共にした不思議な女のことをふと思い出した。性行為の最中に私にバスローブの紐《ひも》を手渡し、これで思い切り首を絞めてくれと言った若い女を。両手に握ったそのタオル地の紐の感触を、私が忘れることはたぶんないだろう。

「継彦叔父はその上官の命令に逆らえなかった」と政彦は言った。「それだけの勇気も実行力も、叔父は持ち合わせていなかった。しかしその後、剃刀を研ぎ上げて自分の命を絶つことによって、自分なりの決着をつけることはできた。そういう意味では、叔父は決して弱い人間ではなかったとおれは考えている。自らの命を絶つことが、叔父にとっては人間性を回復するための唯一《ゆいいつ》の方法だったんだ」

「そして継彦さんの死は、ウィーン留学中のお父さんに大きなショックを与えた」

「言うまでもなく」と政彦は言った。

「お父さんはウィーン時代に政治的な事件に巻き込まれて、日本に送還されたという話を聞いたんだが、その事件は弟さんの自殺と何か関連しているのだろうか？」

政彦は腕組みし、むずかしい顔をした。「そこまではわからない。なにしろ父親はそのウィーンの事件については、一言も口にしなかったからね」

「君のお父さんと恋仲になった娘が抵抗組織のメンバーで、その関係で暗殺未遂事件に関わることになったという話を聞いたけれど」

「ああ、おれが聞いた話では、父親が恋仲になったのはウィーンの大学に通っていたオーストリア人の娘で、二人は結婚の約束までしていたらしい。暗殺計画が露見して彼女は逮捕され、マウトハウゼン強制収容所に送られたということだ。たぶんそこで命を落としただろう。うちの父親もやはりゲシュタポに逮捕され、一九三九年の初頭に〈好ましくない外国人〉として日本に強制送還された。もちろんこれも父親から直接聞いたことではなく、親戚のものから聞かされた話だが、かなりの信憑性《しんぴょうせい》はある」

「お父さんが事件について何も語らなかったのは、どこかから口止めされていたからだろうか？」

「ああ、それはあるだろう。父親は国外強制退去になるとき、事件について何も語らないように、日独双方の当局から厳しく釘《くぎ》を刺されていたはずだ。おそらく口をつぐんでいることが、彼が一命を取りとめるための重要な条件になっていたのだろう。そして父親自身もその事件については、何も語りたくなかったようだ。だからこそ戦争が終わって口止めするものがいなくなっても、やはり同じように口を堅く閉ざしていた」

政彦はそこで少し間を置いた。それから続けた。

「ただうちの父親が、ウィーンにおける反ナチの地下抵抗組織に加わったことについては、たしかに継彦叔父の自殺がひとつの動機になっていたかもしれない。ミュンヘン会談でとりあえず戦争は避けられたが、ベルリンと東京の枢軸《すうじく》は強化され、世界はますます危険な方向に向かっていた。そういう流れにどこかで歯止めをかけなくてはと、父親は強く思っていたはずだ。父は何より自由を重んじる人だ。ファシズムや軍国主義とはまったく肌が合わない。弟の死は彼にとって間違いなく大きな意味を持っていたと思う」

「それ以上のことはわからない？」

「うちの父親は自分の人生について他人に語るということをしない人だった。新聞や雑誌のインタビューも受けなかったし、自らについて何かを書き残したりもしなかった。むしろ地面についた自分の足跡を、箒《ほうき》を使って注意深く消しながら、後ろ向きに歩いているような人だった」

　私は言った。「そしてお父さんはウィーンから日本に戻ってきて、それから戦争が終わるまで、作品をいっさい発表することなく深く沈黙を守っていた」

「ああ、八年ばかり父は沈黙を守っていた。一九三九年から四七年にかけて。そのあいだ画壇みたいなところからはできるだけ遠く離れていたようだ。そういう場所がもともと嫌いだったし、多くの画家が嬉々《きき》として戦争称揚の国策絵画を描いていたことも、父には気に入らなかった。幸いなことに実家は裕福だったから、生活の心配をする必要はなかった。ありがたいことに、戦争中兵隊にとられることもなかった。しかし何はともあれ戦後の混乱が一段落して再び画壇に姿を見せたときには、雨田具彦は完全な日本画家に変身していた。以前のスタイルをきれいさっぱり捨て去り、まったく新しい画法を身につけていた」

「そしてあとは伝説になっている」

「そういうことだ。あとは伝説になっている」と政彦は言った。そして手で空中の何かを軽く払うような動作をした。まるで伝説が綿ぼこりのようにそのへんに浮かんでいて、それが正常な呼吸の邪魔をしているみたいに。

　私は言った。「しかしその話を聞いていると、ウィーンでの留学時代に経験したことが、お父さんのその後の人生に何か大きな影を落としているように思える。それがどんな事柄であったにせよ」

政彦は肯いた。「ああ、おれも確かにそう感じているよ。ウィーン滞在中に起こった出来事が父の進路を大きく変えてしまった。その暗殺計画の挫《ざ》折《せつ》には、きっと暗澹《あんたん》としたいくつかの事実が含まれていたんだろうな。簡単には口にはできないようなすさまじいことが」

「でもその具体的な細部まではわからない」

「それはわからない。昔からわからなかったし、今ではもっとわからない。今じゃ、本人にさえよくわかっていないはずだ」

そうだろうか、と私はふと思った。人はときとして覚えていたはずのことを忘れ、忘れていたはずのことを思い出すものだ。とくに迫り来る死と向きあっているようなときには。

政彦は二杯目の白ワインを飲み終え、腕時計に目をやった。そして軽く眉《まゆ》を寄せた。

「そろそろ会社に戻った方がよさそうだな」

「何かぼくに話があったんじゃないのか？」と私はふと思い出して尋ねた。

彼は思い出したようにテーブルの上を軽くとんとんと叩《たた》いた。「ああそうだ。おまえに話さなくちゃならないことがあったんだ。しかしうちの父親の話で終わってしまった。次の機会にでも話すよ。まあ、一刻を争うことでもないし」

私は席を立つ前に彼の顔をあらためて見た。そして質問した。「どうしてそこまでぼくに打ち明けてくれるんだ？　家庭の微妙な秘密みたいなことまで」

政彦はテーブルの上に両手を広げて置き、それについて少し考えていた。それから耳たぶを掻《か》いた。

「そうだな、まずひとつに、おれも一人でそういう〈家庭の秘密〉みたいなのを抱え込んでいることにいささか疲れてきたのかもしれない。誰かに話してみたかったのかもしれない。できるだけ口の堅そうな、現実的な利害関係のない誰かにな。そういう意味ではおまえは理想的な聞き手だ。そしてまた実を言うと、おれにはおまえに少しばかり個人的な負い目があってね、その借りを何らかのかたちで返しておきたかった」

「個人的な負い目？」と私は驚いて言った。「負い目ってなんだ？」

政彦は目を細めた。「実はその話をしようと思っていたんだ。でも今日はもう時間がなくなってしまった。次の予定が入っているものでね。もう一度どこかでゆっくり話し合う機会をつくろう」

レストランの勘定は政彦が払った。「気にしなくていい。それくらいの融通はきく」と彼は言った。私はありがたくご馳走《ちそう》になった。

それから私はカローラ・ワゴンを運転して小田原に戻った。家の前にその埃《ほこり》だらけの車を駐《と》めたとき、太陽は既に西の山の端《は》に近くなっていた。たくさんのカラスたちが鳴きながら、谷の向こうのねぐらに向かっていた。

38

あれではとてもイルカにはなれない

日曜日の朝がやってくるまでには、秋川まりえの肖像画のために用意された新しいキャンバスに、自分がこれからどのような絵を描いていくかという考えはほぼまとまっていた。いや、具体的にどんな絵を描くことになるのかは、まだわからない。しかしどのように描き始めればいいかはわかっていた。まず最初に、真っ白なキャンバスの上にどの色の絵の具を、どの筆でどの方向に引けばいいのか、そうしたアイデアが頭の中にどこからともなく生まれ出てきて、それがやがて足場を得て、少しずつ私の中に事実として確立されていく。私はそのプロセスを愛した。

冷え込んだ朝だった。冬がすぐそこに近づいていることを教えてくれる朝だ。コーヒーをつくり、簡単に朝食を済ませると、スタジオに入って必要な画材を整え、イーゼルに載せられたキャンバスの前に立った。でもそのキャンバスの前には、鉛筆で雑木林の中の穴を細密に描いたスケッチブックが置かれていた。数日前の朝、これという意図もなく目的もなく、気が向くままに描いたスケッチだ。自分がそんな絵を描いたこと自体を、私は忘れてしまっていた。

　でもイーゼルの前に立って、そのスケッチを眺めるともなく眺めているうちに、私はそこに描かれた光景に次第に心を惹《ひ》かれていった。雑木林の中に人知れず口を開けた謎《なぞ》めいた石室。周囲の濡《ぬ》れた地面と、そこに積もった色とりどりの落ち葉。樹木の枝のあいだから筋となって差し込む陽光。そんな情景が私の脳裏に、彩色された画面となって浮かびあがってきた。想像力が起き上がり、具体的な細部がひとつひとつ埋められていった。私はそこにある空気を吸い込み、草の匂いを嗅《か》ぎ、鳥たちの声を耳にすることができた。

　大型のスケッチブックに鉛筆で細密に描かれたその穴は、まるで私を何かに——あるいはどこかに——強く誘《いざな》っているようだった。その穴は私に描かれるのを求めているのだ、私はそう感じた。私が風景画を描きたいと思うのはとても珍しいことだった。私はなにしろこの十年近く人物画しか描いてこなかったのだ。たまには風景画も悪くないかもしれないな。「雑木林の中の穴」。この鉛筆画はそのための下絵になるかもしれない。

私はそのスケッチブックをイーゼルから下ろし、ページを閉じた。イーゼルの上には、真っ白な新しいキャンバスだけが残った。これから秋川まりえの肖像画が描かれるはずのキャンバスが。

十時少し前に、いつものようにブルーのトヨタ・プリウスが物静かに坂道を上ってきた。ドアが開き、そこから秋川まりえと、叔母の秋川笙子が降りてきた。秋川笙子は丈の長い濃いグレーのヘリンボーンのジャケットに、淡いグレーのウールのスカート、そして模様の入った黒いストッキングをはいていた。首にはミッソーニのカラフルなスカーフが巻かれていた。シックで都会的な晩秋の装《よそお》いだった。秋川まりえは大振りなスタジアム・ジャンパーにヨットパーカ、穴の開いたブルージーンズ、コンバースの紺色のスニーカーという、この前とだいたい同じような格好だった。帽子はかぶっていない。空気は肌寒く、空はうっすらと雲に覆《おお》われていた。

簡単な挨拶《あいさつ》が終わると、秋川笙子はソファに腰を下ろし、例のごとくバッグから厚い文庫本を取りだし、それに意識を集中した。私と秋川まりえは、彼女をあとに残してスタジオに入った。いつものように私は木製のスツールに腰掛け、まりえは簡素な食堂の椅子《いす》に座った。二人のあいだには二メートルほどの距離があった。彼女はスタジアム・ジャンパーを脱いで畳んで足下に置いた。ヨットパーカも脱いだ。その下にはTシャツを二枚重ね着していた。グレーの長袖《ながそで》のシャツの上に、紺色の半袖のシャツを重ねて着ていた。胸の膨らみはまだない。彼女はまっすぐな黒い髪を指で梳《す》いた。

「寒くない？」と私は尋ねた。スタジオには旧式の石油ストーブがあったが、火はつけていなかった。

まりえはただ小さく首を振った。別に寒くはないということだ。

「今日からキャンバスに絵を描き始める」と私は言った。「といっても、君はとくに何もしなくていい。ただそこに座っていてくれればいい。あとはぼくの問題だから」

「何もしないわけにはいかない」と彼女は私の目を見つめながら言った。

私は膝《ひざ》の上に両手を置いたまま彼女の顔を見た。「それはどういう意味だろう？」

「だって、わたしは生きているし、呼吸もしているし、いろんなことを考える」

「もちろん」と私は言った。「君はもちろん好きなだけ呼吸をすればいいし、好きなだけものを考えればいい。ぼくが言いたいのは、君がとくべつに何かをする必要はないということだよ。君が君であってくれれば、ぼくの方はそれでいいんだ」

しかしまりえはなおも私の目をまっすぐ見ていた。そういう簡単な説明ではとても納得できないというように。

「わたしは何かをしたいの」とまりえは言った。

「たとえばどんなことを?」

「先生が絵を描くのを助けたいの」

「それはとてもありがたいことだけれど、でも助けるって、どんな風に?」

「もちろんセイシン的に」

「なるほど」と私は言った。しかし彼女がどのようにセイシン的に私を助けてくれるのか、具体的には思い浮かべられなかった。

まりえは言った。「もしできるなら、わたしは先生の中に入り込みたい。わたしの絵を描いているときの先生の中に。そして先生の目からわたしを見てみたい。そうすれば、わたしはわたしのことをもっと深く理解できるかもしれない。そしてそうすることで、先生もわたしのことをもっと深く理解できるかもしれない」

「そうなるととてもいいと思う」と私は言った。

「ほんとうにそう思う?」

「もちろんほんとうにそう思うよ」

「でもそれは場合によってはけっこう怖いことかもしれない」

「自分をよりよく理解することが？」

まりえは肯いた。「自分をよりよく理解するためには、もうひとつなにか別のものをどこかからひっぱってこなくてはならないということが」

「なにか別の、第三者的な要素が加わらないことには、自分自身について正確な理解はできないということかな？」

「第三者的な要素？」

私は説明した。「つまりAとBという関係の意味を正しく知るには、Cという別の観点がひとつ必要になってくるということ。三点測定」

まりえはそれについて考え、小さく肩をすくめるような動作をした。「たぶん」

「そしてそこに加わる何かは、場合によっては怖いものであるかもしれない。それが君の言いたいことなのかな？」

まりえは肯いた。

「君はこれまでに、そういう怖い思いをしたことがあるの？」

まりえはその問いには答えなかった。

「もしぼくが君を正しく描くことができたら」と私は言った。「君はぼくの目で見た君の姿を、君自身の目で見ることができるかもしれない。もちろんうまくいけば、ということだけれど」

「そのためにわたしたちは絵を必要としている」

「そう、ぼくらはそのために絵を必要としている。あるいは文章や音楽や、そういうものを必要としている」

うまくいけば、と私は自分自身に向かって言った。

「絵に取りかかろう」と私はまりえに言った。そして彼女の顔を見ながら、下絵のための茶色をこしらえた。そして最初の絵筆を選んだ。


仕事は緩やかに、しかし滞りなく進んだ。私はキャンバスの上に秋川まりえの上半身を描いていった。美しい少女だったが、私の絵には美しさはとくに必要とはされていなかった。私が必要としているのは、その奥に隠されているものだった。別の言い方をするなら、その資質が補償として要求しているものだった。私はその何かを見つけ出し、画面に持ち込まなくてはならなかった。それは美しいものである必要はなかった。場合によっては、醜いものであるかもしれない。いずれにせよ言うまでもなく、その何かを見つけるためには、私は彼女を正しく理解しなくてはならない。言葉や口ジックとしてではなくひとつの造形として、光と影の複合体として彼女を把握しなくてはならなかった。

私は意識を集中し、線と色とをキャンバスの中に積み重ねていった。時には素早く、時には時間をかけて注意深く。そのあいだまりえは表情をまったく変えることなく、椅子の上に静かに座っていた。しかし彼女が意志の力を強くひとつにまとめ、それをじっと保持していることが私にはわかった。そこに働いている力を私は感じ取ることができた。「何もしないわけにはいかない」と彼女は言った。そして彼女は何かをしている、、、のだ。おそらく私を助けるために。私とその十三歳の少女とのあいだには、交流のようなものがまぎれもなく存在していた。

私はふと妹の手のことを思い出した。一緒に富士の風穴に入ったとき、冷ややかな暗闇の中で妹は私の手をしっかり握り続けていた。小さく温かく、しかし驚くほど力強い指だった。私たちのあいだには確かな生命の交流があった。私たちは何かを与えると同時に、何かを受け取っていた。それは限られた時間に、限られた場所でしか起こらない交流だった。やがては薄らいで消えてしまう。しかし記憶は残る。記憶は時間を温めることができる。そして——もしうまくいけばということだが——芸術はその記憶を形に変えて、そこにとどめることができる。ファン・ゴッホが名もない田舎の郵便配達夫を、集合的記憶として今日まで生きながらえさせているように。

二時間ほど、私たちは口をきくこともなくそれぞれの作業に意識を集中していた。私は油で薄く溶いた単色の絵の具で、彼女の姿をキャンバスの上に立ち上げていった。それが下絵になる。まりえは食堂椅子の上で、じっと自分自身であり続けていた。正午になると遠くからいつものチャイムの音が聞こえてきた。私はそのチャイムを耳にして、定められた時刻が訪れたことを知り、作業を終えた。パレットと絵筆を下に置き、スツールの上で背筋を思い切り伸ばした。そしてそこでようやく、自分がひどく疲れていることに気がついた。私が大きく息をついて集中力を解くと、まりえもそこで初めて身体《からだ》の力を緩めた。

私の目の前のキャンバスには、まりえの上半身の像が単色で立ち上げられていた。これから描かれる彼女の肖像の、根幹となるべきストラクチャーがそこに構築されていた。まだおおまかな枠組みに過ぎないが、その骨格の芯《しん》にあるのは、彼女を彼女として成り立たせている熱源のごときものだ。それはまだ奥の方に隠されているが、そのおおよそのありかさえ押さえておけばあとはなんとでも調整がつく。そこに必要な肉付けを加えていくだけのことだ。

その描きかけの絵についてはまりえは何も尋ねなかったし、見せてほしいとも言わなかった。私もとくに何も語らなかった。何かを口にするには私は疲れすぎていた。我々は無言のままスタジオを出て、居間に移った。居間のソファの上では、秋川笙子がまだ熱心に文庫本を読んでいた。彼女は栞《しおり》をページにはさんで本を閉じ、黒縁の眼鏡をはずし、顔をあげて私たちを見た。そして少しびっくりしたような表情を顔に浮かべた。私たち二人はよほど疲れた顔をしていたに違いない。

「お仕事は進みましたか？」と彼女は少し心配そうに私に尋ねた。

「今のところは順調です。まだ途中の段階ですが」

「それはよかった」と彼女は言った。「もしお嫌でなかったら、私が台所に行ってお茶をいれてもかまいませんか？　実はもうお湯は沸かしてあります。紅茶の葉がどこにあるかもわかります」

私は少し驚いて秋川笙子の顔を見た。彼女の顔には上品な微笑《ほほえ》みが浮かんでいた。

「厚かましいようですが、そうしていただけるととてもありがたいです」と私は言った。実のところ、私は温かい紅茶がとても飲みたかったが、腰を上げて台所に行って湯を沸かす気にはどうしてもなれずにいたのだ。それほど疲れていた。絵を描いてそんなに疲労したのはずいぶん久しぶりのことだ。それはもちろん心地よい疲弊《ひへいかん》感ではあったのだが。

十分ほどで秋川笙子は、三つのカップとポットを載せたトレイを持って居間に戻ってきた。我々はそれぞれ静かに紅茶を飲んだ。まりえは居間に移ってからまだ一言も口をきいていなかった。ときどき手を上げて、額にかかった前髪を払うだけだ。彼女は分厚いスタジアム・ジャンパーを再び着込んでいた。まるで何かから身を守ろうとしているみたいに。

我々はそこで静かに礼儀正しく紅茶を飲みながら（誰も音を立てなかった）、日曜日の昼下がりの時間の流れにぼんやりと身をまかせていた。しばらくのあいだ誰も口をきかなかった。しかしそこにある沈黙はあくまで自然で、理にかなっていた。それからやがて聞き覚えのある音が私の耳に届いてきた。それは最初のうちは、遠くの海岸に義務的に気怠《けだる》く寄せる、気乗りのしない波の音のように聞こえた。それが次第に大きくなり、やがて明瞭《めいりょう》な連続的機械音になった。4・2リッター八気筒の余裕あるエンジンが、いとも優雅にハイオクタンの化石燃料を消費している音だ。私は椅子から起《た》ち上がって窓際《まどぎわ》に行き、カーテンの隙間《すきま》からその銀色の車が姿を現すのを見ていた。

免色は淡いグリーンのカーディガンを着ていた。カーディガンの下にはクリーム色のシャツを着ていた。そしてグレーのウールのズボンをはいていた。どれもみんな清潔でしわひとつなく、クリーニングからさっき戻ってきたばかりのもののように見えた。しかしどれも新品ではなく、程よく着古されている。でもそのぶん余計に清潔そうに見えた。そして豊かな髪はいつものように純白に輝いていた。夏でも冬でも、晴れた日でも曇った日でも、時節や天候にはかかわりなく、彼の髪は常に白く輝いているのだろう。その輝き方の傾向が少しずつ変化するだけだ。

免色は車から降りるとドアを閉め、顔を上げて曇り空を眺め、天候についてひとしきり何かを考え（何かを考えているように私の目には映った）、それから心を定め、ゆっくりと歩いて玄関にやってきた。そしてドアベルを押した。まるで詩人が大事なところに置く特別な言葉を選ぶときのように、慎重に時間をかけて。どう見てもそれはただの古いドアベルに過ぎないのだけれど。

私はドアを開け、彼を居間に通した。彼はにこやかに二人の女性に向かって挨拶をした。秋川笙子は立ち上がって彼を迎えた。まりえはソファに座ったまま、髪を指先にからめていた。免色の方をほとんど見もしなかった。私は全員を椅子に座らせた。お茶はいらないかと、私は免色に尋ねた。おかまいなく、と免色は言った。首を何度か横に振り、手まで振った。

「どうです、お仕事は捗《はかど》っていますか？」と免色は私に尋ねた。

まずまず捗っている、と私は答えた。

「どう、絵のモデルになるのも疲れるでしょう？」と免色はまりえに尋ねた。免色がきちんと正面から目を合わせてまりえに話しかけたのは、私に思い出せる限りではそれが初めてだった。免色が緊張していることはその声の響きからわずかに察せられたが、今日の彼はまりえを目の前にしても、顔を赤くしたり青くしたりするようなことはなかった。表情もほとんど普段と変わらなかった。感情をうまく制御することができるようになったのだ。たぶんそのためのなんらかの自己訓練が行われたのだろう。

まりえはその質問には答えなかった。意味のわからない呟《つぶや》きのようなものを、小さく口にしただけだった。彼女の両手の指は、膝の上でしっかり組み合わされていた。

「でも日曜日の朝にここに来ることを楽しみにしているんですよ」と秋川笙子が沈黙を埋めるために口を添えた。

「絵のモデルをするというのはなかなか大変なことなんです」と私もその試みに及ばずながら協力した。「まりえさんはずいぶんがんばってくれていると思います」

「私もしばらくここでモデルをつとめましたが、絵のモデルになるというのはなんだか奇妙なものです。ときどき魂をかすめ取られているような気がしたものです」、そう言って免色は笑った。

「そうではない」とまりえはほとんど囁《ささや》くように言った。

私と免色と秋川笙子は、ほとんど一斉にまりえの顔を見た。

秋川笙子はうっかり間違ったものを口に入れて、それを噛《か》んでしまった人のような顔をしていた。免色の顔には純粋な好奇心が浮かんでいた。私はどこまでも中立的な傍観者だった。

「それはどういうこと？」と免色は尋ねた。

まりえは抑揚《よくよう》のない声で言った。「かすめ取られてはいない。わたしはなにかを差し出し、わたしはなにかを受け取る」

免色は静かな声で、感心したように言った。「君の言うとおりだ。言い方が単純に過ぎたみたいだ。もちろんそこには交流がなくちゃいけない。芸術行為というのは決して一方的なものではないから」

まりえは黙っていた。何時間も身じろぎもせずに水辺に立って、ただ水面を睨《にら》んでいる孤独なゴイサギのように、その少女はテーブルの上のティーポットをまっすぐ見つめていた。白い無地の陶器でできたどこにでもあるティーポットだ。かなり古くはあるが（雨田具彦が使っていたものだ）、あくまで実用的に作られたもので、しげしげ眺めたくなるような特別な趣はそこにはない。縁も僅《わず》かにかけている。ただそのときの彼女には、集中して見つめるべき何かが必要だったのだ。

部屋に沈黙が降りた。何も書かれていない真白な広告看板を思わせる沈黙だった。芸術行為、と私は思った。その言葉には周囲の沈黙を呼び込んでしまう響きが具《そな》わっているみたいだ。まるで空気が真空を埋めるみたいに。いや、この場合はむしろ真空が空気を埋めるというべきか。

「もしうちにお越しになるのでしたら」とその沈黙の中で免色がおずおずと、秋川笙子に向かって切り出した。「私の車に一緒に乗っていらっしゃいませんか？　そのあとまたここまでお送りします。後ろのシートは狭いですが、うちまではけっこう入り組んだ狭い道なものですから、一台の車で行った方が何かと楽だと思います」

「ええ、もちろんそれでけっこうです」と秋川笙子は迷うことなく返答した。「免色さんの車に乗せていただきます」

まりえはまだ白いティーポットを眺めて、何かをじっと考えていた。でも彼女が心の中で何を思い、考えているのか、もちろん私にはわからなかった。彼らが昼食をどうするのか、それもわからなかった。でも如才のない免色のことだ。私がいちいち気をもむまでもなく、それくらいのことは考えているだろう。

ジャガーの助手席には秋川笙子が座り、まりえは後部席に身を落ち着けた。大人二人が前で子供は後ろ。とくに協議があったわけではなく、自然にそういう席の配置になった。その車が静々と坂道を降りて視界から消えていくのを、私は玄関のドアの前に立って見送った。そのあと家の中に戻り、紅茶の茶碗《ちゃわん》とポットを台所に運んで洗った。

それから私はリヒアルト・シュトラウスの『薔薇《ばら》の騎士』をターンテーブルに載せ、ソファに横になってその音楽を聴いた。とくにやることがないときに、そうやって『薔薇の騎士』を聴くことが私の習慣になっていた。免色が植え付けていった習慣だ。その音楽には彼が言ったように、確かに一種の中毒性があった。途切れもなく続く連綿とした情緒。どこまでも色彩的な楽器の響き。「たとえ一本の箒だって、私はそれを音楽で克明に描くことができる」と豪語したのはリヒアルト・シュトラウスだった。あるいはそれは箒ではなかったかもしれない。しかしいずれにせよ彼の音楽には絵画的な要素が色濃くあった。私が目指す絵画とは方向性の異なるものではあったけれど。

しばらくあとで目を開いたとき、そこには騎士団長がいた。彼はいつもの飛鳥時代の衣裳《いしょう》を身につけて、剣を腰にさげ、私の向かい側の椅子に腰を下ろしていた。革張りの安楽椅子の上に、その体長六十センチほどの男はちょこんと腰掛けていた。

「久しぶりですね」と私は言った。私の声はどこかべつのところから無理に引っ張ってこられた声のように聞こえた。「お元気ですか？」

「前にも言ったが、イデアには時間の観念はあらない」と騎士団長はよくとおる声で言った。「したがって久しぶりという感覚もあらない」

「ただの習慣的発言です。気にしないでください」

「習慣というのもよくわからん」

たしかに彼の言うとおりだろう。時間のないところに習慣は生まれない。私は立ち上がってプレーヤーのところに行って針を上げ、レコードをボックスにしまった。

「そのとおりだ」と騎士団長は私の心を読んで言った。「時間が両方向に自由に進んでいる世界では、習慣などというものは生まれっこあらない」

私は前から気になっていたことを尋ねてみた。「イデアにはエネルギー源みたいなものは必要とされないのですか？」

「そいつがむずかしいところだ」と騎士団長はいかにもむずかしそうな顔をして言った。「どのような成り立ちのものであれ、ものが生まれ、そして存在し続けるためには、なんらかのエネルギーが必要とされる。それが宇宙の一般的な原則である」

「つまりイデアにもエネルギー源はなくてはならない、ということですか。一般的な原則に従って？」

「そのとおり。宇宙の原則に例外はあらない。しかるにイデアの優位な点は、もともと姿かたちを持っておらないことだ。イデアは他者に認識されることによって初めてイデアとして成立し、それなりの形状を身につけもする。その形状はもちろん便宜的な借り物にすぎないわけだが」

「つまり他者による認識のないところにイデアは存在し得ない」

騎士団長は右手の人差し指を空中にあげ、片目をつぶった。「そこから諸君はどのように類推をおこなうかね？」

私は類推をおこなった。少し時間はかかったが、騎士団長は我慢強く待っていた。

「ぼくが思うに」と私は言った。「イデアは他者の認識そのものをエネルギー源として存在している」

「そのとおり」と騎士団長は言った。そして何度か肯《うなず》いた。「なかなかわかりがよろしい。イデアは他者による認識なしに存在し得ないものであり、同時に他者の認識をエネルギーとして存在するものであるのだ」

「じゃあもしぼくが『騎士団長は存在しない』と思ってしまえば、あなたはもう存在しないわけだ」

「理論的には」と騎士団長は言った。「しかしそれはあくまで理論上のことである。現実にはそれは現実的ではあらない。なぜならば、人が何かを考えるのをやめようと思って、考えるのをやめることは、ほとんど不可能だからだ。何かを考えるのをやめようと考えるのも考えのひとつであって、その考えを持っている限り、その何かもまた考えられているからだ。何かを考えるのをやめるためには、それをやめようと考えることと自体をやめなくてはならない」

私は言った。「つまり、何かの拍子に記憶喪失にでもかからない限り、あるいはどこまでも自然に完全にイデアに対する興味を失ってしまわない限り、人はイデアからは逃げることができない」

「イルカにはそれができる」と騎士団長は言った。

「イルカ？」

「イルカは左右の脳を別々に眠らせることができるんだ。知らなかったか？」

「知りませんでしたね」

「そんなわけでイルカはイデアというものに関心を持たない。だからイルカは進化を途中で止《や》めてしまったのだよ。我々もそれなりに努力はしたのだが、残念ながらイルカとは有益な関係を結ぶことができなかった。なかなか有望な種族だったのだがな。なにしろ人間が本格的に登場してくるまでは、哺乳類《ほにゅうるい》の中では、体重比でもっとも大きな脳を持つ動物であったから」

「しかし人間とは有益な関係を結ぶことができた？」

「人間はイルカとは違って、ひと続きの脳しか持っておらんからね。いったんぽこっとイデアが生じると、それをうまく振り落とすことができないのだ。そのようにしてイデアは人間からエネルギーを受け取り、その存在を維持し続けることができたのだ」

「寄生体みたいに」と私は言った。

「そいつは人聞きが悪いぞ」、騎士団長は教師が生徒を叱責《しっせき》するときのように指を左右に振った。「エネルギーを受け取るといっても、それほどたくさんの量をいただくわけではあらない。ほんのひとかけら――普通の人間はほとんど気づかないくらいだ。それによって人が健康を損なったり、日常生活に支障をきたしたりすることもあらない」

「でもあなたは、イデアにはモラルみたいなものはないと言いました。イデアというのはどこまでも中立的な観念であり、それを良くするのも悪くするのも、人間次第である、と。だとすれば、イデアは人間に良いことをするかもしれないけれど、逆に良くないことをする場合だってある。そうですね？」

「$E = mc^2$ という概念は本来中立であるはずなのに、それは結果的に原子爆弾を生み出すことになった。そしてそれは広島と長崎に実際に投下された。諸君が言いたいのはたとえばそういうことかね？」

私は肯いた。

「それについては私も胸を痛めておるよ（言うまでもなくこれは言葉のあやだ。イデアには肉体もない、したがって胸もあらないからな）。しかしな、諸君、この宇宙においては、すべてが caveat emptor なのだ」

「はあ？」

「caveat emptor。カウェアト・エンプトル。ラテン語で『買い手責任』のことである。人の手に渡ったものがどのように使用されるか、それは売り手が関与することではあらないのだ。たとえば洋服屋の店先に並んでいる衣服が、誰に着られるか選ぶことができるかね？」

「なんだか都合の良い理屈みたいに聞こえますが」

「$E = mc^2$ は原子爆弾を生み出したが、一方で良きものも数多く生み出しておるよ」

「たとえばどんな？」

騎士団長はそれについて少し考えていたが、適当な例がすぐには思いつけなかったらしく、口を閉ざしたまま、両手で顔をごしごしとこすった。あるいはそういう論議に、それ以上意味を見いだせなかったのかもしれない。

「ところでスタジオに置いてあった鈴の行方を知りませんか？」と私はふと思い出して尋ねてみた。

「鈴？」と騎士団長は顔を上げて言った。「鈴ってなんだね？」

「あなたがあの穴の底でずっと鳴らしていた古い鈴ですよ。スタジオの棚の上に置いておいたんだけど、このあいだ気がついたらなくなっていました」

騎士団長はしっかりと首を横に振った。「ああ、あの鈴か。知らんな。ここのところ、鈴にはさわったこともあらないよ」

「じゃあ、いったい誰が持って行ったんだろう？」

「さあ、あたしにはとんとわかりかねる」

「誰かが鈴を持ち出して、どこかで鳴らしているようです」

「ふうむ。それはあたしの問題ではあらない。あの鈴はもうあたしにとって必要なきものになっておる。だいいちそもそも、あれはあたしの持ち物というわけではあらないのだ。むしろ場に共有されるものだ。いずれにせよ、消えるからにはたぶん消えるなりの理由があったのだろう。そのうちにどこかでひょいと出てくるかもしれん。待っておるといい」

「場に共有されるもの？」と私は言った。「あの穴のことを言っているのですか？」

騎士団長はその問いには答えなかった。「ところで、諸君は秋川笙子とまりえが帰ってくるのをここで待っておるのだろうが、まだしばらく時間はかかるぜ。暗くならないうちは、まず戻ってこないだろう」

「免色さんには何か、彼なりの思惑みたいなものがあるのでしょうか？」と私は最後に尋ねてみた。

「ああ、免色くんにはいつも何かしら思惑がある。必ずしっかり布石を打つ。布石を打たずしては動けない。それは生来の病のようなものだ。左右の脳を常時めいっぱい使って生きておる。あれではとてもイルカにはなれない」

騎士団長の姿は徐々にその輪郭を失い、風のない真冬の朝の蒸気のように薄らいで拡散し、やがて消えてしまった。私の正面には空っぽの古い安楽椅子があるだけだった。そこに残された不在はあまりにも深いものだったので、彼がついさっきまで本当に目の前に座っていたのかどうか、確信が持てなくなった。私はただ空白と向かい合っていたのかもしれない。自分自身の声と語り合っていただけかもしれない。

騎士団長の予言したとおり、免色のジャガーはなかなか姿を見せなかった。秋川家の二人の美しい女性たちは免色の家で長い時間を過ごしているようだった。私はテラスに出て、谷間の向かい側にあるその白い屋敷を眺めた。しかしそこには誰の姿も見えなかった。私は待っている時間をつぶすために、台所に行って料理の下ごしらえをした。出汁《だし》をつくり野菜を茹《ゆ》で、冷凍できるものを冷凍した。しかし思いつける限りのことをすべてやっても、それでもまだ時間があまった。私は居間に戻って、リヒアルト・シュトラウスの『薔薇の騎士』の続きを聴き、ソファに横になって本を読んだ。

秋川笙子は免色に対して好意と興味を持っている。そのことはたぶん間違いないだろう。免色を見る彼女の目は、私を見るときの目とはまるで輝きが違っている。ごく公正に言って、免色は魅力的な中年の男だ。ハンサムで金持ちで独身だ。身なりも良いし、物腰も柔らかで、大きな山の上の屋敷に住み、英国車を四台所有している。世の中の多くの女性は彼に興味を抱くに違いない（世の中の多くの女性は私にとりたてて興味は抱かないだろう、というのと同じくらいの確率で）。しかし秋川まりえは免色に対して少なからず警戒心を抱いている――間違いなく。まりえはとても勘の鋭い少女だ。免色が何かしらの意図を心に抱いて行動していることを、あるいは本能的に察知しているのかもしれない。だからこそ彼女は免色とのあいだに、意識的に一定の距離を置いている。少なくとも私の目にはそのように映る。

ものごとはこれからどう展開していくのだろう？　それを見届けてみたいという自然な好奇心と、そこにはあまり喜ばしい結果は生まれないのではないかという漠然とした危惧《きぐ》が、私の中でせめぎあっていた。河口でぶつかりあい、押し合いをする満ち潮と川の流れのように。

免色のジャガーが再び坂道を上ってきたのは、五時半を少しまわった頃だった。騎士団長が予告したように、そのときにはあたりはもうすっかり暗くなっていた。

39 特定の目的を持って作られた、偽装された容《い》れ物

ジャガーがうちの前にゆっくりと停まり、ドアが開いて、まず免色が降りてきた。そして彼はまりえと秋川笙子のために、反対側にまわってドアを開けてやった。助手席のシートを倒して、まりえを後部席から下ろしてやった。女性たちはジャガーから降りて、自分たちのブルーのプリウスに乗り換えた。秋川笙子は窓を下ろして、免色に丁寧に礼を言った（まりえはもちろん脇《わき》を向いて知らん顔をしていた）。そして彼女たちはうちには寄らず、そのまま自分たちの家に帰っていった。免色はプリウスの後ろ姿が視界から消えてしまうのを見届けてから、少し間を置いて意識のスイッチを（たぶん）切り替え、顔の表情を調整し、それからうちの玄関に向かって歩いてきた。

「遅くなってしまいましたが、少しだけお邪魔してよろしいですか？」と玄関で彼は私に遠慮がちに尋ねた。

「もちろん、どうぞ。どうせやることもありませんから」と私は言った。そして彼を中に通した。

我々は居間に落ち着いた。彼はソファに座り、私はその向かい側にある、ついさっきまで騎士団長が座っていた安楽椅子に腰を下ろした。その椅子のまわりにはまだ、彼のいくぶん甲高い声の響きが残っているみたいだった。

「今日はいろいろとありがとうございました」と免色は私に言った。「ずいぶんお世話になってしまった」

とくに礼を言われるようなことは何もしていないと思う、と私は答えた。実際のところ何もしていないのだから。

免色は言った。「しかしもしあなたが描く絵がなければ、というか、その絵を描くあなたが存在しなければ、おそらくこのような状況は私の前に出現しないまま終わっていたことでしょう。私が秋川まりえと間近に、個人的に顔を合わせるような機会は持てなかったはずです。今回の件に関しては、あなたがちょうど扇の要《かなめ》のような役目を果たしています。そういう立場は、あるいはあなたの意には染まないことかもしれませんが」

「意に染まないというようなことは何もありません」と私は言った。「あなたのお役に立てれば、ぼくとしては何よりです。ただ何が偶然なのか、何が意図されたことなのか、そのへんのことを測りかねているだけです。それは正直なところ、あまり居心地の良い気持ちとは言えません」

免色はそれについて考え、そして肯いた。「信じていただけないかもしれませんが、私が意図してこのような筋書きを作ったわけではありません。何もかもが偶然のたまものだとまでは言いませんが、起こったことの多くはあくまでその場の成り行きだったのです」

「その成り行きの中で、ぼくがたまたま触媒のような役目を果たしたということですか？」と私は尋ねた。

「触媒。そうですね、そう言っていいかもしれません」

「しかし正直なところ触媒というよりは、なんだか自分が『トロイの木馬』になったような気がするんです」

免色は顔を上げて、何かまぶしいものでも見るように私を見た。「それはどういう意味でしょうか？」

「おなかの空洞に一群の武装した兵士を忍ばせ、贈り物に見せかけて敵方の城の中に運び込まれるようにした、例のギリシャの木馬です。特定の目的を持って作られた、偽装された容れ物です」

免色は少し時間をかけて言葉を選び、それを口にした。「つまり、私があなたをトロイの木馬に仕立てて、それをうまく利用したということなのでしょうか？　秋川まりえに接近するために？」

「気を悪くされるかもしれませんが、そういう感覚がぼくの中に少しばかりあるということです」

免色は目を細め、笑みを口元に浮かべた。

「そうですね。たしかにそう思われても仕方ないところもあるかもしれません。でもさきほども申し上げたように、ものごとはおおむね偶然の積み重ねによって運んだのです。ごく率直に申し上げて、私はあなたに好意を抱いています。個人的な自然な好意です。そういうことはあまり頻繁《ひんぱん》には起こりませんし、それが起こったときには、私はその気持ちをできるだけ大事に取り扱います。自分の都合のためにあなたを一方的に利用したりはしません。私はある面においてはかなりエゴイスティックな人間ですが、それくらいの礼儀はわきまえています。あなたをトロイの木馬にしたりはしません。どうか信じてください」

彼の言っていることに偽《いつわ》りはないように、私には感じられた。

「それで、あの二人にあの絵を見せられたのですか？」と私は尋ねた。「書斎にかけられた免色さんの肖像画を？」

「ええ、もちろんです。そのために二人はわざわざうちまで見えたわけですから。彼女たちはあの肖像画を見て、とても深く感心していました。といっても、まりえさんは感想らしきものは何も口にはしませんでした。なにしろ無口な子ですから。しかし彼女があの絵に強く心を惹《ひ》かれたことは間違いありません。表情を見ていれば、それはよくわかりました。彼女はずいぶん長い時間、絵の前に立っていました。じっと黙り込んだままそこから動かなかった」

しかし実のところ、ほんの数週間前に描き終えたばかりなのに、自分がいったいどのような絵を描いたのか、今ではうまく思い出せなかった。いつもそうだが、ひとつの絵を描き終え次の作品にとりかかったときには、その前に描いていた絵のことはおおかた忘れてしまう。漠然とした全体像としてしか思い出すことができない。ただその絵を描いたときの手応《てごた》えだけは、身体的な記憶としてまだ私の中に残っていた。私にとって大事な意味を持つのは作品自体より、むしろその手応えなのだ。

「二人はけっこう長い時間をお宅で過ごしたようですね」と私は言った。

免色はいくらか恥ずかしそうに首を傾《かし》げた。「肖像画を見てもらったあと、軽い食事を出して、それからうちの中を案内していました。ハウス・ツアーのようなものです。笙子さんが家に興味を持たれているようだったので。知らないあいだにずいぶん時間が経《た》ってしまいました」

「二人はきっと、あなたのお宅に感心したでしょう？」

「笙子さんの方はおそらく」と免色は言った。「とくにジャガーのEタイプに。でもまりえさんは相変わらず終始無言でした。あまり感心しなかったのかもしれません。あるいは家になんか何の興味もないのかもしれない」

たぶん何の興味もないのだろうと私は想像した。

「そのあいだに、まりえさんと会話をする機会は持てましたか？」と私は尋ねた。

免色は首を小さく簡潔に振った。「いいえ、言葉を交わしたのは、せいぜい二言か三言か、そんなものです。それも大した内容のことじゃありません。こちらから何か話しかけても、返事はまずかえってきませんから」

それについて私は意見を口にしなかった。その光景はとてもありありと想像できたし、とくに感想の述べようもなかったからだ。免色が秋川まりえに何かを話しかけても、返事らしきものは戻ってこない。ときおり意味不明の単語がひとつかふたつ、口の中でもぞもぞ呟かれるだけだ。向こうに話そうという意思がないとき、彼女との会話は広い灼熱《しゃくねつ》の砂漠の真ん中に立って、小さな柄杓《ひしゃく》であたりに水をまいているみたいなことになってしまう。

免色はテーブルの上に置かれた、艶《つや》のある陶製の蝸牛《かたつむり》の置物を手に取り、いろんな角度から子細に眺めていた。それはこの家にもともと置いてあった、数少ない装飾品のひとつだった。たぶんマイセンの古いものだろう。大きさは小ぶりな卵くらいだ。雨田具彦が昔どこかで買い求めたものかもしれない。免色はやがてその置物をテーブルの上に注意深く戻した。そしてゆっくり顔を上げ、向かいに座っている私の顔を見た。

「慣れるまでに少し時間がかかるのかもしれません」と免色は自分に言い聞かせるように言った。「何しろ私たちはついこのあいだ顔を合わせたばかりです。もともとが無口な子のようだし、十三歳といえば思春期の初めで、一般的に言ってとてもむずかしい年齢です。でも彼女と同じ部屋にいて、同じ空気を吸うことができただけでも、それは私にとってはかけがえのない貴重な時間でした」

「それで、あなたの気持ちは今でも変わらないのでしょうか？」

免色の目が少しだけ細められた。「私のどのような気持ちでしょう？」

「秋川まりえがあなたの実の子供なのかどうか、あえて真相を知りたくないという気持ちです」

「ええ、私の気持ちは寸分も変わりません」と免色は躊躇《ちゅうちょ》なく答えた。そして唇を軽く嚙んだまま、しばらく沈黙していた。それから口を開いた。

「どう言えばいいのでしょう。彼女と一緒にいて、その顔や姿をすぐ目の前にして、私はずいぶん奇異な感情に襲われました。自分がこれまで生きてきた長い歳月はすべて無為《むい》のうちに失われていたのかもしれない、そんな気がしました。そして自分という存在の意味が、自分がこうしてここに生きていることの理由が、今ひとつよくわからなくなってきました。これまで確かだと見なしていたものごとの価値が、思いもよらず不確かなものになっていくみたいに」

「そういうのは免色さんにとっては、ずいぶん奇異な感情なのですね？」と私は念のために尋ねてみた。私にとってそれはとくに「奇異な感情」とも思えなかったから。

「そうです。そういう感情を経験したことは、これまでありませんでした」

「秋川まりえと一緒に数時間を過ごしたことによって、そういう『奇異な感情』があなたの中に生まれたということですか？」

「そういうことだと思います。馬鹿《ばか》みたいだと思われるかもしれませんが」

私は首を振った。「馬鹿みたいだとは思いません。思春期に初めて特定の女の子を好きになったとき、ぼくもそれに似た気持ちを抱いたような気がします」

免色は口許《くちもと》に皺《しわ》を寄せて微笑んだ。いくぶんの苦みを含んだ微笑みだった。「私はそのときふとこのような思いを持ったのです。この世界で何を達成したところで、どれだけ事業に成功し資産を築いたところで、私は結局のところワンセットの遺伝子を誰かから引き継いで、それを次の誰かに引き渡すためだけの便宜的な、過渡的な存在に過ぎないのだと。その実用的な機能を別にすれば、残りの私はただの土塊《つちくれ》のようなものに過ぎないのだと」

「つちくれ」と私は口に出して言ってみた。その言葉には何かしら奇妙な響きが含まれているようだった。

免色は言った。「実を言うと、この前あの穴の中に入ったときに、そのような観念が私の中に生じ、根を下ろしてしまったのです。祠《ほこら》の裏にある、我々が石をどかせて暴《あば》いた穴です。そのときのことを覚えていますか？」

「よく覚えています」

「私はあの暗闇《くらやみ》の中にいた一時間ほどのあいだに、自分の無力さをつくづく思い知らされたのです。もしあなたがそうしようと思えば、私はあの穴の底に一人で取り残されてしまいます。そして水も食料もなく、そのまま朽ち果ててただの土塊に戻ってしまう。私という人間はただそれだけの存在に過ぎないのだと」

どう言えばいいのかわからなかったので、私は黙っていた。

免色は言った。「秋川まりえが私の血を分けた子供かもしれないという可能性だけで、今の私には十分なのです。あえて事実を明確にしたいとは思いません。私はその可能性の光の中で自分を見つめ直しているのです」

「それはわかりました」と私は言った。「細かい筋道まではよく理解できませんが、そういうお考えだということはわかりました。でも免色さん、それではあなたは秋川まりえに対して、具体的にいったいどんなことを求めておられるのですか？」

「もちろん考えていることがないではありません」と免色は言った。そして自分の両手を眺めた。細長い指を持ったきれいな両手だった。「人はいろいろと頭の中でものを考えるものです。考えてしまうものです。しかし物事が実際にどのような道筋を辿《たど》るものか、それは時間の経過を待たないとわかりません。すべては先のことになります」

私は黙っていた。彼が頭の中でどんなことを考えているのか、私には見当もつかなかったし、あえてそれを知りたいとも思わなかった。もしそれを知ってしまったら、私の立場は今以上に面倒なものになってしまうかもしれない。

免色はしばらく沈黙していたが、それから私に尋ねた。「しかし秋川まりえは、あなたと二人きりでいるときは、けっこう自分から進んで話をしているみたいですね。笙子さんがそのようなことをおっしゃっていましたが」

「そうかもしれません」と私は注意深く答えた。「ぼくらはスタジオの中にいるあいだ、けっこう自然にいろんなことを話しているかもしれない」

まりえが夜中にひとつ横の山から、秘密の通路を抜けてうちを訪ねてきたことは、もちろん黙っていた。それは私とまりえとのあいだの秘密なのだ。

「彼女はあなたに慣れているということなのでしょうか？　それとも個人的に親しみを感じているということなのでしょうか？」

「あの子は絵を描くことに、あるいは絵画的表現みたいなことに、深く興味を持っています」と私は説明した。「いつもいつもではありませんが、絵をあいだに置くことによって、場合によっては比較的楽に会話することができるみたいです。たしかにちょっと変わった子なんです。絵画教室でもまわりの子供たちとほとんど口をききません」

「同年代の子供たちとはあまりうまくやっていけないということですか？」

「そうかもしれません。叔母さんの話によれば、学校でも友だちはあまりつくらないようです」

免色はしばらく黙ってそのことについて考えていた。

「しかし笙子さんに対してはそれなりに心を開いているみたいですね」と免色は言った。

「そのようですね。話を聞いていると、父親よりはむしろ叔母さんに対して親しみを抱いているように思えます」

免色は黙って肯いた。彼のその沈黙には何かしら含みがあるように感じられた。

私は彼に尋ねた。「彼女の父親はどんな人なのですか？　それくらいのことはご存じなのでしょう？」

免色は顔を横に向け、しばらく目を細めていた。それから言った。「彼女よりは十五歳ほど年上の人です。彼女というのは、亡《な》くなった奥さんのことですが」

亡くなった奥さんというのは、もちろんかつて免色の恋人であった女性のことだ。

「二人がどのようにして知り合ったのか、そして結婚することになったのか、そのへんの事情は私にはわかりません。というか、そういうことには興味がありません」と免色は言った。「しかしどんな事情があったにせよ、彼が奥さんを大事にしていたことは間違いないようです。そして彼女を事故で亡くしたことで、彼は大きなショックを受けました。それ以来人が変わってしまったという話です」

免色の話によれば、秋川家はこのあたり一帯のかつての大地主だった（雨田具彦の実家が大地主であったのと同じように）。第二次世界大戦後の農地改革により、所有する土地は半分近くに減ったものの、それでもまだ相当な量の資産物件が残り、そこからもたらされる収入だけで一家は悠々と暮らしていくことができた。秋川良信《よしのぶ》（というのが秋川まりえの父親の名前だった）は二人兄妹の長男で、早く亡くなった父親の後を継いで一家の惣領《そうりょう》になった。自分が所有する山の頂上に建てた一軒家に住み、小田原市内の持ちビルにオフィスを構えていた。そのオフィスは小田原市内と近郊にある何棟かの商業ビルと賃貸マンション、一群の貸家、貸地を管理していた。また時々は不動産の売買を扱っていた。とはいえそれほど手広く事業を展開していたわけではない。あくまで秋川家の所有する物件を必要に応じて扱うのが業務の中心だった。

秋川良信は晩婚だった。四十代半ばで結婚し、そのすぐ翌年に女児が誕生した（秋川まりえ。免色が実は自分の子供ではないかという可能性を心に抱いている少女だ）。その六年後に妻はスズメバチに刺されて亡くなった。春の初め、敷地の中にあった広い梅林を一人で散歩しているときに、何匹かの攻撃的な大型の蜂《はち》に刺されたのだ。そしてその出来事は秋川良信に大きな衝撃を与えた。おそらく不幸な出来事を思い出させるものをできるだけ消し去ってしまいたかったのだろう。妻の葬儀が終わった後、人を使って梅林の梅の木を一本残らず切り倒させ、根までそっくり抜いてしまった。そしてただの味気ない空き地に変えてしまった。とても美しい立派な梅林だったので、多くの人がその成り行きに心を痛めた。また梅林で大量に採れる梅の実は、梅干しや梅酒をつくるのに適しており、近隣の住民はその実をある程度自由に採取することを昔から許可されてきた。そしてその報復的な蛮行の結果、多くの人々が毎年のささやかな楽しみを奪われることになった。しかしあくまでそれは秋川良信の所有する山にある彼の梅林であり、また彼の激しい怒りは——スズメバチと梅林に対する個人的な怒りだ——理解できないでもなかったから、誰も表だっては文句は言えなかった。

妻の死を境として、秋川良信はかなり陰気な人間になった。もともとそれほど社交的で陽気な性格ではなかったようだが、その内向的な性格はいっそう強まったようだ。また次第に精神世界に対する興味を深め、ある宗教団体と関わりを持つようになった（私には聞き覚えのない名前の団体だった）。しばらくインドにも行っていたということだ。そして私費を投じて、市の郊外にその宗教団体のための立派な道場のようなものをこしらえ、そこに入り浸るようになった。道場の中でどのようなことがおこなわれているのか、よくはわからない。しかし秋川良信はどうやらそこで日々厳しい宗教的「修練」を積み、またリインカーネーションの研究をすることに、妻を亡くしたあとの人生の生きがいを見いだしているらしかった。

おかげで仕事には以前ほど身を入れなくなったが、もともとそれほど多忙な会社ではない。社長がろくに顔を出さなくても、古くからいる三人の社員で切り盛りしていくことは可能だった。家にもあまり帰らないようになった。帰宅してもほとんど眠るだけだった。なぜかはわからないが、妻が亡くなったあと、一人娘に対する関心も急速に薄らいでいったようだった。娘を見ると、死んだ妻を思い出すことになったからかもしれない。あるいは子供というものにもともと興味がなかったのかもしれない。いずれにせよ当然のことながら、子供もあまり父親になつかなかった。残されたまりえの世話は、妹の笙子がとりあえず引き受けることになった。笙子は東京の医科大学長の秘書の仕事を休んで、小田原の山の上の家に一時的に同居していたのだが、結局は正式に職を辞してそこに住み着くことになった。おそらくはまりえに情が移ってしまったのだろう。あるいは小さな姪《めい》の置かれた状況を見るに見かねたのだろう。

それだけ話し終えると免色は指の腹で唇を撫《な》でた。そして言った。

「おたくにウィスキーはありますか？」

「シングル・モルトが瓶に半分くらいあります」と私は言った。

「厚かましいお願いですが、それをいただけませんか？　オンザロックで」

「もちろんいいですよ。ただ免色さんは車を運転してこられたし……」

「タクシーを呼びます」と彼は言った。「私も飲酒運転で免許証を失いたくはありませんから」

私はウィスキーの瓶と、氷を入れた陶器の鉢と、グラスを二つ台所から持ってきた。免色はそのあいだに、私がさっきまで聴いていた『薔薇の騎士』のレコードをターンテーブルに載せた。そして我々はリヒアルト・シュトラウスの爛熟《らんじゅく》した音楽を聴きながら、二人でウィスキーを飲んだ。

「シングル・モルトがお好きなのですか？」と免色が尋ねた。

「いや、これはもらいものです。友だちが手土産に持ってきてくれたんです。なかなかおいしいと思うけど」

「スコットランドにいる知人がこのあいだ送ってくれた、ちょっと珍しいアイラ島のシングル・モルトがうちにあります。プリンス・オブ・ウェールズがその醸造所を訪れたとき、自ら槌《つち》をふるって栓を打ち込んだ樽《たる》からとったものです。もしよかったら今度お持ちします」

どうかそんなに気を遣わないでもらいたいと私は言った。

「アイラ島といえば、その近くにジュラという小さな島があります。ご存じですか？」

知らないと私は言った。

「人口も少ない、ほとんど何もない島です。人の数よりは鹿《しか》の数の方がずっと多い。ウサギや雉《きじ》やあざらしもたくさんいます。そして古い醸造所がひとつあります。その近くにとてもおいしいわき水があって、それがウィスキーをつくるのに適しているんです。ジュラのシングル・モルトを、汲《く》んだばかりのジュラの冷たい水で割って飲むと、それは素晴らしい味がします。まさにその島でしか味わえない味です」

とてもおいしそうだ、と私は言った。

「そこはジョージ・オーウェルが『１９８４』を執筆したことでも有名なところです。オーウェルは文字どおり人里離れたこの島の北端で、小さな貸家に一人で籠《こ》もってその本の執筆をしていたのですが、おかげで冬のあいだに身体《からだ》を壊してしまいました。原始的な設備しかない家だったんです。彼はきっとそういうスパルタンな環境を必要としていたのでしょう。私はこの島に一週間ばかり滞在していたことがあります。そして、暖炉のそばで毎晩一人で、おいしいウィスキーを飲んでいました」

「どうしてそんな辺鄙《へんぴ》なところに一週間も一人でいたのですか？」

「ビジネスです」と彼は簡単に言った。そして微笑《ほほえ》んだ。

それがどんなビジネスだったのか、説明するつもりはないようだった。私もとくに知りたいとは思わなかった。

「今日はなんだか飲まずにはいられないような気分だったのです」と彼は言った。「気持ちがうまく落ち着かないというか。だからついこのように勝手なお願いをしてしまいました。車は明日にでも取りに来ます。それでよろしいでしょうか？」

「もちろんぼくはかまいませんが」

それからしばらく沈黙の時間があった。

「少し個人的な質問をしてかまいませんか？」と免色は尋ねた。「気を悪くされないといいのですが」

「ぼくに答えられることならお答えします。気を悪くしたりはしません」

「あなたはたしか結婚しておられたのですね？」

私は肯いた。「していました。実を言うと、ついこのあいだ離婚届に署名捺印《なついん》して送り返したばかりです。だから今現在、正式にどういう状態になっているのかよくわかりません。でもとにかく結婚はしていました。六年ほどですが」

免色はグラスの中の氷を眺めながら何かを考え込んでいた。それから質問した。

「立ち入った質問になりますが、そういう離婚という結果に至ったことについて、あなたには何か悔やんでいることがありますか？」

私はウィスキーを一口飲み、彼に尋ねた。「『買い手責任』というのはラテン語でなんて言いましたっけ？」

「caveat emptor」と免色はためらいなく答えた。

「まだうまく覚えられないけど、その言葉の意味するところは理解できます」

免色は笑った。

私は言った。「結婚生活について悔やんでいることはなくはありません。しかしもしある時点に戻ってひとつの間違いを修正できたとしても、やはり同じような結果を迎えていたんじゃないかな」

「あなたの中に何か変更のきかない傾向みたいなものがあって、それが結婚生活の障害となったということですか？」

「あるいはぼくの中に変更のきかない傾向みたいなものが欠如していて、それが結婚生活の障害になったのかもしれません」

「でもあなたには絵を描こうという意欲がある。それは生きる意欲と強く結びついているもののはずです」

「でもぼくはその前に乗り越えるべきものをまだきちんと乗り越えていないのかもしれない。そういう気がするんです」

「試練はいつか必ず訪れます」と免色は言った。「試練は人生の仕切り直しの好機なんです。きつければきついほど、それはあとになって役に立ちます」

「負けて、心が挫《くじ》けてしまわなければ」

免色は微笑んだ。それ以上、子供のことにも離婚のことにも触れなかった。

私は台所から瓶詰めのオリーブを持ってきて、それをつまみにした。我々はしばらく何も言わずにウィスキーを飲み、塩味のついたオリーブの実を食べた。レコードの面がひとつ終わると免色はそれを裏返した。ゲオルグ・ショルティはウィーン・フィルの指揮を続けた。

ああ、免色くんにはいつも何かしら思惑がある。必ずしっかり布石を打つ。布石を打たずしては動けない。

彼が今どのような布石を打っているのか、あるいは打とうとしているのか、私にはわからなかった。それとも彼はこの件に関しては、今のところうまく布石が打てないでいるのかもしれない。私を利用するつもりはないと彼は言う。たぶんそれは嘘《うそ》ではあるまい。しかしつもりはあくまでつもりに過ぎない。彼はその手腕を発揮して、最先端のビジネスを成功裏に乗り切ってきた男だ。もし彼に何か思惑のようなものがあるのなら（たとえそれが潜在的なものであれ）、私がそれに巻き込まれずにいることはまず不可能だろう。

「あなたはたしか三十六歳でしたね？」とほとんど出し抜けに免色はそう言った。

「そうです」

「人生の中でおそらくいちばん素敵な年齢です」

私にはとてもそうは思えなかったが、あえて意見は述べなかった。

「私は五十四歳になりました。私の生きてきた業界にあっては、ばりばりの現役でいるには歳《とし》を取りすぎていますし、伝説になるにはまだ少し若すぎます。だからこうして、とくに何もせずにぶらぶらしているようなわけです」

「中には若くして伝説になる人もいるみたいですが」

「もちろんそういう人たちも少しはいます。しかし若くして伝説になることのメリットはほとんど何もありません。というか、私に言わせればそれは一種の悪夢でさえあります。いったんそうなってしまうと、長い余生を自らの伝説をなぞりながら生きていくしかないし、それくらい退屈な人生はありませんからね」

「免色さんは退屈なさらないのですか？」

免色は微笑んだ。「思い出せる限り、退屈したことは一度もありません。退屈をしているような暇がなかったというか」

私は感心してただ黙っていた。

「あなたはいかがですか？　退屈したことはありますか？」と彼は私に尋ねた。

「もちろんあります。しょっちゅうしています。でも退屈さは、今ではぼくの人生の欠くことのできない一部になっているみたいです」

「退屈であることが苦痛にはならないということですか？」

「どうやら退屈さに慣れてしまったようです。苦痛に感じることはありません」

「それはやはり、あなたの中に絵を描こうという強い一貫した意志があるからでしょうね。それが生活の芯《しん》のようなものになっていて、退屈であるという状態は、いわば創作意欲の母胎《ぼたい》としての役目を果たしているのでしょう。もしそういう芯がなければ、日々の退屈さはきっと耐え難いものになるはずです」

「免色さんは、今は仕事をしておられないわけですね？」

「ええ、基本的には引退状態にあります。前にも言ったように、インターネットで為替と株の取引を少しばかりやっていますが、必要に迫られてのことではありません。頭の訓練を兼ねたゲーム程度のものです」

「そしてたった一人で、あの広い屋敷に暮らしておられる」

「そのとおりです」

「それで退屈することがないのですか？」

　免色は首を振った。「私には考えることがたくさんあります。読むべき本があり、聴くべき音楽があります。多くのデータを集め、それを分類し解析し、頭を働かせることが日々の習慣になっています。エクササイズもしますし、気分転換のためにピアノの練習もしています。もちろん家事もしなくてはならない。退屈している暇はありません」

「歳をとっていくのは怖くありませんか？　一人ぼっちで歳をとっていくことが？」

「私は確実に歳をとっていきます」と免色は言った。「この先身体も衰えるし、ますます孤独になっていくことでしょう。しかし私はまだそこまで歳をとった経験がありません。どういうことなのか、おおよその見当はつきますが、その実相を実際に目にしたわけではありません。そして私はこの目で実際に見たものしか信用しない人間です。ですから自分がこれから何を目にすることになるのか、それを待っています。とくに怖くはありません。それほどの期待もありませんが、いささかの興味はあります」

免色はウィスキーのグラスを手の中でゆっくりと揺らせ、私の顔を見た。

「あなたはいかがですか？　歳をとるのは怖いですか？」

「六年ばかりの結婚生活は結局うまくいかなかった。そしてその期間、自分のための絵を一枚も描くことができませんでした。普通に考えればそのぶん無駄に歳をとったということになるのでしょう。生活のために意に染まない種類の絵を数多く描かなくてはならなかったわけですから。しかし結果的にはそれがかえって幸いした部分もあるかもしれない。最近になってそう思うようになりました」

「おっしゃりたいことは理解できるかもしれない。自分の我《が》みたいなものを捨てることも、人生のある時期には意味のあることになる。そういうことですか？」

そうかもしれない。しかし私の場合はただ単純に、自分の中にあるものを見出《みいだ》すのに時間がかかったというだけなのかもしれない。そして私はその無駄な回り道にユズを引き込んでしまったのだろうか？

「歳をとるのが怖いか？」と私は自分に向かって問いかけてみた。私は歳をとることを恐れているだろうか？

「正直言って、ぼくにはまだそういう実感がないんです。

三十代も後半に入った男がこんなことを言って、愚かしく聞こえるかもしれませんが、なんだかまだ人生を始めたばかりのような気がします」

　免色は微笑んだ。「決して愚かしくはありません。たぶんそのとおり、あなたはまだ自分の人生を始めたばかりなのでしょう」

「免色さん、あなたはさっき遺伝子の話をなさいました。自分はワンセットの遺伝子を引き継いで、それを次の世代に送る容れ物に過ぎないと。そしてその職務を別にすれば、自分はただの土塊に過ぎないんだと。そういう意味のことをおっしゃいましたよね？」

　免色は肯《うなず》いた。「たしかにそう言いました」

「でも自分がただの土塊であることに、恐怖を感じたりすることはないのですね？」

「私はただの土塊ですが、なかなか悪くない土塊です」、免色はそう言って笑った。「生意気なようですが、けっこう優秀な土塊と言っていいかもしれません。少なくともある種の能力には恵まれています。もちろん限定された能力ではありますが、能力であることに違いはありません。ですから生きているあいだは精一杯生きます。自分に何がどこまでできるかを確かめてみたい。退屈している暇はありません。私にとって、恐怖や空虚さを感じないようにする最良の方法は、何よりも退屈をしないことなのです」

八時近くまで、我々はウィスキーを飲んでいた。やがてウィスキーのボトルが空になった。それを潮に免色は立ち上がった。

「そろそろ失礼しなくては」と彼は言った。「すっかり長居をしてしまいました」

私は電話でタクシーを呼んだ。雨田具彦の家だというと、すぐに場所はわかった。雨田具彦は有名人なのだ。十五分ほどでそちらに着きます、と配車係は言った。私は礼を言って電話を切った。

タクシーが来るのを待っているあいだ、免色は打ち明けるように言った。

「秋川まりえの父親はある宗教団体にのめりこんでいると、さっき申し上げましたね」

私は肯いた。

「いささか素性の怪しい新興宗教団体ですし、インターネットで調べてみると、これまでにいくつかの社会的トラブルを起こしているようです。何件か民事訴訟も起こされています。教義といってもあやふやなものだし、私に言わせれば宗教とも呼びがたいような粗雑な代物《しろもの》です。しかし言うまでもないことですが、何を信じようと信じまいとそれはもちろん秋川さんのご自由です。ただこの何年か、彼はその団体にかなりの金を注ぎ込んでいます。自分の資産も会社の資産もほとんど一緒くたにして。もともとが相当な資産家ですが、実際には毎月の家賃のあがりだけで暮らしているような状態です。土地や物件を売却していかない限り、収入にはおのずと限りがあります。そして彼はここのところ、土地や物件を売りすぎています。誰が見ても不健全な徴候《ちょうこう》です。蛸《たこ》が自分の足を食べて生き延びているようなものです」

「つまり、その宗教団体に食い物にされているということですか？」

「そのとおりです。いいカモにされていると言っていいかもしれない。ああいう連中は餌《えさ》にいったん食いつくと、とことん吸い尽くします。最後の一滴まで搾《しぼ》り取ります。そして秋川さんはもともとお金持ちの御曹司《おんぞうし》ですから、こう言ってはなんですが、いささか脇の甘いところがあります」

「そしてあなたはそのことを案じている」

免色はため息をついた。「秋川さんがどんな目にあおうと、それは本人の責任です。立派な大人が承知の上でやってきたことですから。しかし何も知らない家族がその巻き添えをくうとなると、話はそう簡単じゃない。まあ、私が心配したところでどうにもならないことなのですが」

「リインカーネーションの研究」と私は言った。

「仮説としてはなかなか興味深い考え方ではありますが」と免色は言った。そして静かに首を振った。

やがてタクシーがやってきた。タクシーに乗り込む前に、彼はとても丁重に私に礼を言った。どれだけ酒を飲んでも、その顔色と礼儀正しさは寸分も変化しなかった。

40 その顔に見違えようはなかった

免色が帰ってしまったあと、私は洗面所で歯を磨き、それからすぐにベッドに入って眠りに就いた。私はもともと寝付きの良い方だが、ウィスキーを飲むとその傾向はいっそう強くなる。

そしてその真夜中、私は激しい物音で目を覚ました。たぶん実際に音がしたのだと思う。それともその物音は夢の中での出来事だったのかもしれない。私の意識の内側から生じた仮想の響きだったのかもしれない。しかしいずれにせよ、どすんと地響きのするような大きな衝撃があった。身体が宙に飛び上がるほどの衝撃だった。その衝撃自体はあくまで実際のものであり、夢でもなければ仮想でもなかった。私はかなり深く眠っていたのだが、ほとんどベッドから床に転げ落ちそうになり、一瞬にして目を覚ました。

枕元《まくらもと》の時計に目をやると、数字は午前二時過ぎを示していた。いつも鈴が鳴らされた時刻だ。しかし鈴の音は聞こえなかった。もう冬が近づいているから、虫の声も聞こえなかった。家内にはただ深い沈黙が降りているだけだ。空の大部分は暗く厚い雲に覆《おお》われていた。耳を澄ませると微《かす》かに風の音が聞こえた。

手探りで枕元の明かりをつけ、パジャマの上からセーターを着た。そして家の中をひととおり見て回ることにした。何か異変が持ち上がったのかもしれない。ひょっとして大きなイノシシが窓から飛び込んできたのかもしれない。あるいは小さな隕石《いんせき》がこの家の屋根を直撃したのかもしれない。どちらもまずありそうにないことだったが、何か異常がないか点検しておいた方が良さそうだった。いちおう私はこの家の管理を任されているのだ。それにこのまま眠ってしまおうと思ったところで、簡単に寝つけそうにはなかった。私の身体はまだその衝撃の余波をありありと感じていたし、心臓が音を立てて脈打っていた。

部屋の明かりをひとつひとつつけながら、家の中の様子を順番に確認していった。どの部屋にも変わったところは見当たらなかった。いつもどおりの光景だ。さして広い家ではないから、もし異変のようなものがあれば見逃しようはない。すべての部屋を点検し、最後に残ったのはスタジオだった。私は居間からスタジオに通じるドアを開けて中に入り、照明のスイッチを入れようと壁に手を伸ばした。しかしそのとき何かが私を押しとどめた。明かりはつけない方がいい、耳もとで何かが私にそう囁《ささや》いた。小さな、しかしはっきりとした声で。暗いままにしておいた方がいい。私はその囁きに従ってスイッチから手を離し、背後のドアを静かに閉め、真っ暗なスタジオの中に目をこらした。音を立てないように息をひそめて。

　暗闇に目が少しずつ慣れてくるにつれて、その部屋の中に私以外の誰かがいることがわかった。そういうたしかな気配があった。どうやらその誰かは、私が絵を描くときにいつも使っている木製のスツールに腰掛けているようだった。それは騎士団長なのだろうと、最初は思った。彼がまた「形体化」してここに戻ってきたのだろう。しかしその人物は、騎士団長にしてはあまりに大きすぎた。ぼんやりと浮かび上がった暗いシルエットは、それが痩《や》せた長身の男であることを示していた。騎士団長は体長が六十センチほどしかない。しかしその男の身長はどうやら百八十センチ近くはありそうだった。背の高い人がよくそうするように、男は少し背を丸めるような姿勢で座っていた。そしてそのまま身動きひとつしなかった。

私もやはり身動きひとつせず、ドアの枠に背中をつけて、何かあればすぐに照明のスイッチを入れられるように左手を壁に伸ばしたまま、その男の後ろ姿を見つめていた。私たち二人は真夜中の暗闇の中で、それぞれにひとつの姿勢をとったままぴたりと静止していた。どうしてかはわからないが怖さは感じなかった。呼吸は浅く短くなり、心臓は堅く乾いた音を立てていた。しかし怯《おび》えはない。真夜中に見知らぬ男が家の中に勝手に入り込んでいる。泥棒かもしれない。ひょっとしたら幽霊かもしれない。いずれにせよ恐《こわ》いと感じるのが当たり前の状況だ。しかしそれが恐ろしいことかもしれない、危険なことかもしれないという感覚がなぜか湧《わ》いてこなかった。

騎士団長が出現して以来いろんな異様な出来事が持ち上がり、それに私の意識が慣れてしまったということがあるかもしれない。しかしそれだけではなく、それよりはむしろその謎《なぞ》の人物が真夜中のスタジオで何をしているのかということの方に、私は興味を惹かれていたのだと思う。恐怖よりは好奇心の方がまさっていた。男はスツールの上で、何かを深く考え込んでいるように見えた。あるいは何かをまっすぐ見つめているように見えた。そしてその集中力は傍目《はため》にも強烈なものだった。その男は私が部屋に入ってきたことにもまったく気づいていないようだった。あるいは私の出入りなど、その人物にとっては取るに足らないことなのかもしれない。

私は音を立てないように呼吸をし、心臓の鼓動を肋骨《ろっこつ》の中に懸命に収めながら、暗闇に更に目が慣れるのを待った。時間が経つにつれて、その男が何に意識を集中させているのかがだんだんわかってきた。横手の壁にかけられている何かを、彼は熱心に見つめているようだった。そこにあるのは雨田具彦の絵画『騎士団長殺し』であるはずだった。長身の男は木製のスツールに腰掛け、身動きひとつせず、わずかに前屈《まえかが》みになってじっとその絵を見つめていた。両手は膝《ひざ》の上に置かれていた。

そのとき、それまで空を厚く覆っていた暗雲がようやくところどころで途切れ始めた。そして雲間からこぼれた月光がほんの一瞬、部屋を照らした。まるで澄んだ無音の水が古い石碑を洗い、そこに隠された秘密の文字を浮かび上がらせるかのように。それからすぐにまたもとの暗黒の状態が戻ってきた。しかしそれも長くは続かなかった。やがて再び雲がちぎられるように割れ、月光が十秒ばかり続けてあたりを明るい淡青色に染めた。そしてその間に私は、そこにいる人物が誰なのかを見て取ることができた。

男は白髪を肩まで長く伸ばしていた。髪は長いあいだ梳《す》かれていないらしく、あちこちで乱れていた。その姿勢から見るに、どうやらかなりの老齢らしかった。そして枯れ木のように痩せこけていた。かつてはしっかり肉を身につけた剛健な男だったのだろう。しかし年老いて、またおそらくは何かの病を得て、身体の肉を落としてしまった。そういう雰囲気が感じ取れた。

痩せて相貌《そうぼう》がずいぶん様変わりしてしまったために、思い当たるまでに少し時間がかかった。しかしそれが誰なのか、無音の月光の下で私にもようやく理解することができた。これまで何枚かの写真でしか目にしたことがなかったけれど、その顔に見違えようはない。横から見える尖《とが》った鼻の形が特徴的だったし、何より全身から発せられる強いオーラのようなものが、私にひとつの明らかな事実を告げていた。冷え込む夜だったが、私の脇《わき》の下はぐっしょり汗に濡《ぬ》れていた。心臓の鼓動が一段と速く、堅くなった。簡単には信じられないことだが疑問の余地はない。

老人は、その絵の作者である雨田具彦だった。雨田具彦がこのスタジオに戻ってきたのだ。

41

私が振り返らないときにだけ

それが実物の肉体をそなえた雨田具彦であるわけはなかった。実物の雨田具彦は伊豆高原の高齢者養護施設に入っている。認知症がかなり進行しており、今はほとんど寝たきりの状態になっている。ここまで一人で自力でやって来られるわけがない。だとすれば、私が今こうして目にしているのは彼の幽霊ということになる。しかし私の知る限り彼はまだ亡くなってはいない。だから正しくは「生き霊《りょう》」と呼ぶべきなのかもしれない。それとも彼はつい今し方息を引き取り、幽霊となってここにやってきたのかもしれない。その可能性もむろん考えられる。

いずれにせよそれがただの幻影でないことは、私にはよくわかっていた。幻影にしてはそれはあまりにリアルであり、あまりに濃密な質感を具《そな》えていた。そこには紛れもなく人の存在する気配があり、意識の放射があった。雨田具彦は何らかの特別な作用によって、このように本来の自分の部屋に戻り、自分のスツールに腰掛け、自分が描いた『騎士団長殺し』を眺めているのだ。私が同じ部屋の中にいることなど気にもかけず（おそらくは気づきもせず）、暗闇《くらやみ》を貫く鋭い一対の目でその絵を凝視していた。

　雲の流れにしたがって断続的に窓から差し込む月の光が、雨田具彦の身体にくっきりとした陰影を与えた。彼は私に横顔を向けていた。そして古いバスローブだかガウンを羽織っていた。足は裸足《はだし》だった。靴下もスリッパも履いていない。長い白髪は乱れ、頬から顎《あご》にかけてうっすらと白い無精鬚《ひげ》が生えていた。顔はやつれてはいたが、目の光だけは鋭く澄み切っていた。

　怯えこそしなかったが、私はひどく戸惑っていた。そこにあるのは言うまでもなく尋常ではない光景だ。混乱しないわけはない。私の片手はまだ壁の電灯のスイッチにかけられていた。でも明かりをつけるつもりはなかった。ただその姿勢をとったまま、身体を動かせなかっただけだ。私としては雨田具彦が――それが幽霊であれ幻影であれなんであれ――ここでおこなっていることを妨げたくはなかった。このスタジオは本来彼のための場所なのだ。彼がいるべき場所なのだ。むしろ私の方が邪魔者なのであって、もし彼がここで何かをしようとしているのなら、それを邪魔するような権利は私にはない。

　だから私は息を整え、肩の力を抜き、足音を立てないようにあとずさりをし、スタジオの外に出た。そしてそっとドアを閉めた。そのあいだ雨田具彦はスツールの上で身じろぎひとつしなかった。たとえ私がそこでうっかりテーブルの花瓶をひっくり返し、すさまじい音を立てたとしても、おそらく気づきもしなかっただろう。彼の集中はそれほど峻烈《しゅんれつ》なものだった。雲間を抜けた月の明かりが、彼の痩せこけた身体を再び照らし出した。私は最後にその輪郭を（彼の人生が凝縮されたようなシルエットを）、そこに施された繊細な夜の陰影とともに脳裏に刻み込んだ。これを忘れてはならない、と強く自らに言い聞かせた。それは私が網膜《もうまく》に焼き付け、記憶にしっかり留めておかなくてはならない形象《けいしょう》なのだ。

　食堂に戻ってテーブルの前に座り、ミネラル・ウォーターを何杯か飲んだ。ウィスキーが少し飲みたかったが、瓶は既に空っぽになっていた。昨夜免色と私が二人で空にしたのだ。そしてそれ以外のアルコール飲料はこの家の中には置いていなかった。ビールが数本冷蔵庫の中に入っていたが、それを飲みたいような気持ちではなかった。

結局、朝の四時過ぎまで眠りは訪れなかった。食堂のテーブルの前に座って、ただあてもなく考えごとをしていた。神経がひどく高ぶっていて、何をする気にもなれなかった。だから目を閉じて考えごとをするしかなかったのだが、ひとつのものごとを継続して考えることができなかった。私は何時間もただ、様々な思考の切れ端をあてもなく追っていた。まるで自分の尻尾《しっぽ》をぐるぐると追い回している子猫のように。

あてもなく考えを巡らせることに疲れると、私はさきほど目にした雨田具彦の身体の輪郭を脳裏に再現した。そして記憶を確かなものにしておくために、それを簡単にスケッチした。頭の中の架空のスケッチブックに、架空の鉛筆を使ってその老人の姿を描いた。それは私が日常的に、暇があればよくやっていることだ。実際の紙や鉛筆を必要としない。むしろない方が作業は簡単になる。数学者が脳内の架空の黒板に数式を並べていくのと、おそらくは同じ成り立ちの作業だ。そしていつか私は実際にその絵を描くことになるかもしれない。

もう一度スタジオを覗《のぞ》いてみようとは思わなかった。もちろん好奇心はあった。老人は――おそらくは雨田具彦の分身は――まだあのスタジオの中にいるのだろうか？　スツールに腰掛けたまま、なおも『騎士団長殺し』を凝視しているのだろうか？　それを確かめてみたいという気持ちがないわけではない。私は今たぶん何かきわめて貴重な状況に遭遇し、その現場を目撃しているのだ。そしてそこには雨田具彦の人生に秘められた謎を解くための、いくつかの鍵《かぎ》が提示されているのかもしれない。

しかしもしそうだとしても、私は彼の意識の集中を邪魔したくはなかった。雨田具彦は自らが描いた『騎士団長殺し』をじっくり眺めるために、あるいはそこにある何かを再点検するために、空間を超え論理をすり抜けてこの場所に戻ってきたのだ。そのためにはおそらく多大なエネルギーを費やさなくてはならなかったはずだ。もうそれほど多くは残されていないであろう貴重な生命エネルギーを。そう、たとえどれほどの犠牲を払おうとも、彼は『騎士団長殺し』を最後に今一度、心ゆくまで見届けておかなくてはならなかったのだ。


目が覚めたのは十時過ぎだった。早起きの私にとってそれはずいぶん珍しいことだった。私は顔を洗ってからコーヒーを作り、食事をとった。なぜかひどく空腹だった。私はいつもの朝食の倍近くを食べた。三枚のトーストと、二個のゆで卵と、トマトのサラダを食べた。コーヒーを大きなマグにたっぷり二杯飲んだ。

食事のあと、念のためにスタジオをのぞいてみたが、もちろん雨田具彦の姿はもうどこにもなかった。そこにあるのは、いつもどおりのしんとした朝のスタジオだ。イーゼルがあり、そこに描きかけのキャンバスが置かれ（描かれているのは秋川まりえだ）、その前に無人の円形のスツールがあった。イーゼルの先には、秋川まりえがモデルとして座るための食堂椅子《いす》がひとつ置かれていた。横手の壁には雨田具彦の描いた『騎士団長殺し』がかかっていた。棚の上にはやはり鈴の姿はなかった。谷間の上の空は晴れ渡り、空気は冷ややかに澄み切っていた。冬を目前にした鳥たちの声が、鋭くその空気を刺し貫いた。

私は雨田政彦の会社に電話をかけてみた。既に正午に近かったが、彼の声はどことなく眠そうだった。そこには月曜日の朝の倦怠《けんたい》の響きが聴き取れた。簡単に挨拶《あいさつ》を交わしたあとで、私はさりげなく彼の父親のことを尋ねた。雨田具彦がまだ亡《な》くなっていないかどうか、昨夜私が目にしたのが彼の幽霊だったのかどうか、いちおう確認しておきたかったのだ。もし仮に彼が昨夜のうちに亡くなっていたとしたら、息子のもとには既に連絡が入っているはずだ。

「お父さんは元気か？」

「数日前に会いに行ってきた。頭の方はもう後戻りできないが、身体具合はとくに悪くはないみたいだったな。少なくとも今すぐどうこうということはなさそうだ」

雨田具彦はまだ亡くなっていない、と私は思った。私が昨夜目にしたのはやはり幽霊なんかじゃなかった。それは生きている人間の意思がもたらした仮の形体だったのだ。

「妙なことを訊《き》くみたいだけど、ここのところおたくのお父さんの様子に、とくに何か変わったところはなかったか？」と私は尋ねてみた。

「うちの父親にかい？」

「ああ」

「どうして急にそんなことを訊くんだ？」

私は前もって用意しておいた台詞《せりふ》を口にした。「実は、このあいだ妙な夢を見たんだ。おたくのお父さんが真夜中にこの家に戻ってくる夢だった。そしてぼくがその姿をたまたま目撃するんだ。とてもリアルな夢だったよ。飛び起きてしまうくらい。それで何かが起こったんじゃないかとちょっと気になったもので」

「ふうん」と彼は感心したように言った。「それは面白いな。で、うちの父親は真夜中にその家に戻って、いったい何をしていたんだ？」

「スタジオのスツールにただじっと座っていた」

「それだけ？」

「それだけだよ、他には何もしていない」

「スツールって、あの三本脚の古い丸椅子のことか」

「そうだよ」

　雨田政彦はしばらくそれについて考えていた。

「あるいは死期が近づいているのかもしれないな」と雨田はどことなく抑揚を欠いた声で言った。「人の魂は人生の最後に、いちばん心残りな場所を訪れるっていうからな。おれの知る限り、うちの父親にとっては、その家のスタジオがいちばん心を残した場所であるはずだ」

「でも記憶みたいなものはもう残っていないんだろう？」

「ああ、通常の意味での記憶みたいなものは残っていないよ。しかし魂はまだ残されているはずだ。ただそこに意識がうまくアクセスできないというだけで。つまり回線が外れて、意識が繋《つな》がっていないだけなんだよ。魂はちゃんと奥の方に控えているはずだ。おそらくは何ものにも損なわれることなく」

「なるほど」と私は言った。

「怖くはなかったか？」

「夢のことか？」

「ああ、だってずいぶんリアルな夢だったんだろう？」

「いや、とくに怖くはなかった。なんだか不思議な気持ちがしただけだ。まるで本人そのものを実際に目の前にしていたみたいで」

「あるいは本人そのものだったかもしれない」と雨田政彦は言った。

それについて私は意見を口にしなかった。雨田具彦がおそらくは『騎士団長殺し』を見るために、わざわざこの家に戻ってきたのだということを（考えてみれば、雨田具彦の魂をここに招いたのは、この私なのかもしれない。私があの絵の包装を解かなければ、彼がここに戻ってくることもなかったのではないか）、ここで息子の政彦に明かすわけにはいかなかった。そんなことをしたら、私がこの家の屋根裏でその絵を発見したことを、そればかりか無断でその包装を解き、勝手にスタジオの壁にかけているいることを、すべて説明しなくてはならなくなる。いつかはたぶん打ち明けなくてはならないだろうが、今の時点ではまだその話を持ち出したくはなかった。

「それで」と雨田は言った。「この前はあまり時間がなくて、言おうと思っていたことが話せなかった。おまえに話しておかなくちゃならない用件があるって言っただろう。覚えているか？」

「覚えているよ」

「一度そちらに寄って、ゆっくりその話をしたいんだが、いいかな？」

「ここはそもそも君の家だ。好きなときに来ればいいさ」

「今度の週末に、また伊豆高原まで父親に会いに行こうと思っているんだ。で、その帰り道にでもそちらに寄ってかまわないかな。小田原はちょうど道筋にあたるし」

水曜日と金曜日の夕方と日曜日の午前中以外ならいいと私は言った。水曜日と金曜日には絵画教室で教えているし、日曜日の朝には秋川まりえの肖像を描かなくてはならない。

たぶん土曜日の午後にそちらに寄ることになるだろうと彼は言った。「ともかく、その前に連絡を入れるよ」

電話を切ったあと、私はスタジオに入ってスツールに座ってみた。昨夜、真夜中の闇の中で雨田具彦が座っていた木製のスツールだ。そこに腰を下ろしてみてすぐに、それがもう私のスツールではなくなっていることに気づいた。それは紛れもなく、長い歳月にわたって雨田具彦が画作のために使用してきた彼のスツールであり、これから先も永遠に彼のスツールであり続けるはずのものだった。事情を知らない人が見れば、古い傷だらけの三本脚の丸椅子に過ぎなかったが、そこには彼の意志が染《し》みこんでいた。私はその椅子を成り行き上、無断で使わせてもらっているだけだ。

私はそのスツールに腰をかけたまま、壁にかかった『騎士団長殺し』を見つめた。

私はそれまで数え切れないくらい何度もその絵を眺めてきた。そしてそれは繰り返し鑑賞するだけの価値を持つ作品だった。言い換えれば、様々な見方ができる余地を持つ作品だった。しかし今は、いつもとは違った角度からあらためてその絵を検証してみようという気持ちに私はなっていた。そこには雨田具彦がその人生を終える前にもう一度あらためて凝視しておく必要のある何かが描かれているはずなのだ。

　私は長い時間をかけて、その『騎士団長殺し』を見つめていた。昨夜、雨田具彦の生き霊だか分身だかが、スツールに腰掛けてそれをまっすぐ凝視していたのと同じ位置から、同じ角度と同じ姿勢で、息を詰めるように集中して。しかしどれだけ注意深く見ても、これまで見えなかった何かをその画面に見出すことはできなかった。

　考えることに疲れて、私は外に出た。家の前には免色の銀色のジャガーが駐《と》められていた。私のトヨタ・カローラ・ワゴンから少し離れたところに。その車はそこで一晩を過ごしたのだ。それはよくしつけられた賢い動物のように、その場所に静かに身を休めて、主人が引き取りに来るのをじっと待っていた。

　私は『騎士団長殺し』のことをぼんやりと考えながら、家の周辺をあてもなく散歩した。雑木林の中の小径《こみち》を歩いているとき、自分が背後から誰かにじっと見られているような奇妙な感覚があった。まるであの「顔なが」が地面の四角い蓋《ふた》を押しあけて、画面の隅から私を密《ひそ》かに観察しているみたいな。私はさっと振り向いて背後に目をやった。でも何も見当たらなかった。地面の穴も開いていなかったし、顔ながの姿もなかった。落ち葉の積もった無人の小径が沈黙の中に続いているだけだ。そういうことが何度かあった。しかしどれだけ素早く振り向いても、そこにはやはり誰の姿もなかった。

　あるいは穴も顔ながも、私が振り返らないときにだけそこに存在しているのかもしれない。私が振り返ろうとした瞬間、それらは気配を察して素早く姿を隠してしまうのかもしれない。まるで子供たちの遊びのように。

　私は雑木林の中を抜けて、いつもは行かない小径の突き当たりまで足を運んだ。そして秋川まりえの言っていた「秘密の通路」の入り口がそのあたりに見つからないかと注意して探してみた。しかしいくら探しても、それらしきものは見当たらなかった。「普通に見ていたのでは、通路は見つからない」と彼女は言っていたが、よほどうまくカモフラージュされているのだろう。ともあれ彼女は、暗くなってから一人でその秘密の通路を通って、隣の山からうちまで歩いてやってきたのだ。茂みをくぐり、雑木林を抜けて。

小径の突き当たりは小さな丸い空き地になっていた。頭上を覆っていた樹木の枝が途切れ、見上げると小さく空が見えた。そして秋の太陽の光がそこからまっすぐ地面に向けて差し込んでいた。私はそのささやかな日だまりの中にある平らな石の上に腰を下ろし、樹幹のあいだから谷間の風景を眺めた。そのうちにどこかの秘密の通路から秋川まりえがひょっこり姿を現すのではないかと想像しながら。でももちろん誰もどこからも現れなかった。鳥たちがときどきやってきて枝に止まり、また飛び立って行くだけだ。鳥たちは常に二羽ずつで行動し、お互いの存在を良く通る短い声で知らせ合っていた。ある種の鳥は一度パートナーを見つけるとその相手と一生行動を共にし、相手が死ぬとその片割れは、残りの一生を孤独の内に暮らすのだという記事をどこかで読んだことがあった。言うまでもないことだが、彼らは弁護士事務所から配達証明付きで送られてきた離婚届の書類に署名捺印《なついん》したりはしない。

ずっと遠くの方から、何かを巡回販売するトラックのアナウンスがいかにも物憂《ものう》げに聞こえ、やがて聞こえなくなった。それから近くの茂みの奥でごそごそという、正体不明の大きな音がした。人間が立てる音ではない。野生の動物が立てる音だ。イノシシではないかと思って一瞬ひやりとしたが（イノシシはスズメバチと並んで、このあたりでは最も危険な生き物だった）、音はぱったり止《や》んでそれっきり聞こえなかった。

　私はそれを機に立ち上がり、歩いて家に戻った。家に戻る途中で祠《ほこら》の裏手にまわり、穴の様子を確かめてみた。穴の上にはいつもどおり板がかぶせられ、重しの石がいくつもその上に並べられていた。見る限り石が動かされた形跡はなかった。蓋代わりの板の上には落ち葉が厚く積もっていた。落ち葉は雨に濡れて、既に鮮やかな色を失っていた。春に若々しく生まれたすべての葉は、晩秋の静かな死を避けがたく迎えていた。

　じっと見ていると、今にもその蓋が持ち上げられ、中から「顔なが」がその細長い茄子《なす》のような顔をひょいとのぞかせそうな気配があった。しかしもちろん蓋は持ち上げられなかった。それに「顔なが」が潜んでいたのは、四角い形をした穴だ。もっと小さな、もっと個人的な穴だ。そしてこの穴に潜んでいたのは「顔なが」ではなく、騎士団長だった。というか、騎士団長の姿を借用したイデアだった。彼が夜中に鈴を鳴らして私をここに呼び、この穴を開けさせたのだ。

　いずれにせよ、この穴がすべての始まりだった。私と免色が重機を使って穴をこじ開けて以来、私のまわりでわけのわからないことが次々に起こり始めた。それともすべては私が『騎士団長殺し』を屋根裏部屋で見つけ、その包装を解いたことから始まったのかもしれない。ものごとの順番からいえばそうなる。あるいはその二つの出来事は最初から密接に呼応し合っていたのかもしれない。『騎士団長殺し』という一枚の絵が、イデアをこの家に導き入れたのかもしれない。私が『騎士団長殺し』という絵画を解き放ったことへのいわば補償作用として、騎士団長が私の前に現れ出てきたのかもしれない。しかし考えれば考えるほど、何が原因であり何が結果であるのか、判断することができなくなった。

家に戻ったとき、玄関の前に駐めてあった免色のジャガーは既に姿を消していた。たぶん私が外に出ているあいだに、免色がタクシーにでも乗って取りに来たのだろう。あるいは業者を寄越して回収させたのかもしれない。いずれにせよ車寄せには、私の埃《ほこり》まみれのカローラ・ワゴンがどことなく心細げに残されているだけだった。免色が言っていたように、一度タイヤの空気圧を測らなくてはなと私は思った。しかしまだ空気圧計を買ってはいなかった。たぶん一生買うこともないだろう。

昼食の用意をしようと思ったが、調理台の前に立ったとき、さっきまで旺盛《おうせい》だった食欲がすっかり消え失《う》せていることに気づいた。そのかわりひどく眠かった。私は毛布を持って居間のソファに横になり、そのまま眠りについた。眠りの中で私は短い夢を見た。とても明白で鮮やかな夢だった。しかしそれがどんな夢だったのかまったく思い出せなかった。思い出せるのは、それがとても明白で鮮やかな夢だったということだけだった。夢と言うより、何かの手違いで眠りの中に紛れ込んできた現実の切れ端のようにも感じられた。目覚めたとき、それは逃げ足の速い俊敏な動物となって跡形もなくどこかに消え失せていた。

42 床に落として割れたら、それは卵だ

その一週間は予想もしなかったほど素早く過ぎていった。午前中ずっと集中してキャンバスに向かい、午後には本を読んだり散歩をしたり、必要な家事をこなしたりした。そのようにして、気がつかないうちに一日いちにちが移り変わっていった。水曜日の午後にはガールフレンドがやってきて、我々はベッドの中で抱き合った。古いベッドはいつものように派手な音を立てて軋《きし》み、彼女はそれを面白がった。

「このベッドはきっと遠からず解体するわよね」と彼女は性交の途中、一息ついているときに予言した。「ベッドのかけらなのか、グリコ・ポッキーなのか見分けがつかないくらい見事にばらばらに砕けると思う」

「我々はもう少し穏やかにそっと、ことをおこなうべきなのかもしれない」

「エイハブ船長は鰯《いわし》を追いかけるべきだったのかもしれない」と彼女は言った。

私はそれについて考えた。「世の中には簡単に変更のきかないこともある——君の言いたいのはそういうこと？」

「だいたい」

少し間を置いてから我々は再び、広い海原に白い鯨《くじら》を追い求めた。世の中には簡単に変更のきかないこともある。


毎日少しずつ、私は秋川まりえの肖像画に手を加えていった。キャンバスに描いた下絵の骨格に、必要とされる肉付けをおこなっていった。求められるいくつかの色を作り出し、それを使って背景をこしらえていった。彼女の顔が画面に自然に浮かび上がってくるための土台作りだ。そうやって、日曜日にまた彼女がスタジオにやってくるのを待った。絵の制作には実際のモデルを前にして進めるべき作業があり、モデルが前にいないときに準備しておくべき作業がある。私はどちらの作業もそれぞれに好きだ。様々な要素について一人で時間をかけて考えを巡らせ、いろんな色や手法を試しながら環境を整えていく。そういう手仕事を楽しみ、またその整えられた環境から自発的に即興的に実体を立ち上げていく作業を楽しむ。

秋川まりえの肖像を描くのと並行して、祠の裏手にある穴の絵を、私は別のキャンバスに描き始めた。その穴の光景は私の脳裏に鮮やかに焼きついていたから、絵を描くために実物を前にする必要はなかった。記憶の中にあるその穴の姿かたちを、私は徹底して細密に描いていった。その絵は、掛け値なしのリアリズムで、どこまでも写実的に描いた。私が写実的な絵を描くことはまずないが（もちろん営業としての肖像画の場合は別だ）、そのような種類の絵を描くことが不得意なわけではない。その気になれば写真と見間違えるような、精密でリアルな具象画を描くこともできる。たまにそうしたスーパー・リアリズムに近い絵を描くことは、良い気分転換になったし、基礎技術の洗い直し訓練にもなった。しかし写実画を描くのは、あくまで自分の楽しみのためであって、作品を外に出すことはない。

そのようにして私の眼前に、「雑木林の中の穴」が日ごとにありありと生々しく再現されていった。数枚の厚板が蓋として半分だけかぶせられた、林の中のミステリアスな円形の穴。そこから騎士団長が現れ出てきた穴だ。画面に描かれているのはただの暗い穴だけで、人の姿はない。まわりの地面には落ち葉が積もっている。どこまでも静謐《せいひつ》な風景だ。しかしそこには、今にもその中から誰かが（何かが）這《は》い出してきそうな気配がうかがえた。見れば見るほど私はそのような予感を抱かないわけにはいかなかった。自分で描いた造形でありながら、そこにふと肌寒さを感じてしまうことがあった。

そんな具合に毎日、午前中の時間をスタジオの中で一人で過ごした。そして絵筆とパレットを持ち、『秋川まりえの肖像』と『雑木林の中の穴』の絵を――まるで性格の異なる二種類の絵画を――気が向くまま交互に描いていった。雨田具彦が日曜日の真夜中に座っていたスツールに腰掛け、並べて置いた二枚のキャンバスに向かって集中して仕事をした。あるいはそのような集中のおかげだろう、月曜日の朝に私がスツールの上に感じた雨田具彦の濃厚な気配は、いつの間にか消え失せていた。その古びたスツールは再び私のための現実的な道具に戻ったようだった。雨田具彦はおそらくは自分が本来いるはずの場所に戻っていったのだろう。

その週、私は夜中にときどきスタジオに行ってドアを小さく開け、隙間《すきま》から中をのぞいてみた。しかし部屋は常に無人だった。雨田具彦の姿もなければ、騎士団長の姿もなかった。古いスツールがひとつ、イーゼルの前に置かれているだけだった。窓から射《さ》し込む僅《わず》かな月の光が部屋の中にある事物を静かに浮かび上がらせていた。壁には『騎士団長殺し』がかけられていた。描きかけの『白いスバル・フォレスターの男』が裏向きにして置かれていた。二つ並んだイーゼルの上には、制作途中の『秋川まりえの肖像』と『雑木林の中の穴』の絵が置かれていた。スタジオの中には油絵の具やテレピン油やポピーオイルの匂《にお》いが漂っていた。どれだけ長く窓を開けておいても、それらが混じりあった匂いが部屋から消えることはない。私がこれまでずっと吸ってきた、そしてこれからもたぶんずっと吸い続けるであろう特別な匂いだ。私はその匂いを確かめるように、夜のスタジオの空気を胸に吸い込み、それから静かにドアを閉めた。

金曜日の夜に雨田政彦から連絡があった。土曜日の午後にそちらに行くということだった。新鮮な魚を近くの漁港で買って持って行くから、食事の心配はしないでいい。楽しみに待っていてくれ。

「他に何か買ってきてほしいものはあるか？　ついでだから何でも買っていくよ」

「とくにないと思う」と私は言った。それから思い出した。「そういえば、ウィスキーが切れているんだ。このあいだもらったものは人が来たので、飲んでしまった。銘柄はなんでもかまわないから、一本買ってきてもらえないかな？」

「おれはシーヴァスが好きだけど。それでいいかな？」

「それでいい」と私は言った。雨田は昔から酒や食べ物にうるさい男だった。私にはあまりそういう趣味はない。ただそこにあるものを食べ、ただそこにある酒を飲む。

雨田からの電話を切ったあと、スタジオの壁から『騎士団長殺し』をはずし、寝室に持っていってカバーをかけた。屋根裏から勝手に持ち出した雨田具彦の未発表の作品を、息子の目に触れさせるわけにはいかない。少なくとも今の時点では。

そのようにして、スタジオの中で来客の目に触れる絵は『秋川まりえの肖像』と『雑木林の中の穴』の二点だけになった。私は前に立って、二つの作品を左右交互に眺めた。二つを見比べているうちに、秋川まりえが祠の裏手にまわり、その穴に近づいていく光景が頭に浮かんできた。そこから何かが始まりそうな予感があった。穴の蓋は半分開いている。その暗闇が彼女を導いている。そこで彼女を待ち受けているのは「顔なが」なのだろうか？　それとも騎士団長なのだろうか？

そしてこの二枚の絵はどこかでつながっているのだろうか？

この家に来てから、私はほとんど立て続けに絵を描いている。最初に依頼を受けて免色の肖像画を描き、それから『白いスバル・フォレスターの男』を描き（それは色を加え始めた段階で中断したままになっているが）、今は『秋川まりえの肖像』と『雑木林の中の穴』を並行して描いている。その四枚の絵はパズルのピースとして組み合わされ、全体としてある物語を語り始めているようにも思えた。あるいは私はそれらの絵を描くことによって、ひとつの物語を記録しているのかもしれない。そんな気がした。私はそのような記録者としての役割を、あるいは資格を、誰かによって与えられたのだろうか？　もしそうだとしたら、その誰かとはいったい誰なのだろう？　そしてなぜこの私が記録者に選ばれたのだろう？

　土曜日の午後四時前に、雨田が黒いボルボ・ワゴンを運転してやってきた。旧型の、真四角で実直頑強なボルボが彼の好みだった。ずいぶん長くその車を運転しているし、もうかなりの距離を走り込んでいるはずだが、新しいモデルに買い換えるつもりはないようだ。彼はその日、わざわざ自分の出刃包丁を持参してやってきた。よく手入れされた鋭利な刃物だった。そしてそれを使って伊東の魚屋で買ってきたばかりの大きくて新鮮な鯛《たい》を、台所でさばいた。もともと手先の器用な多才な男だ。彼はきれいに丹念に骨を取り、無駄なくたくさんの刺身におろし、あらで出汁《だし》をとり、吸い物をつくった。皮は火で炙《あぶ》って酒のつまみにした。私はそのような一連の作業をただ感心してそばで見ていた。プロの料理人になってもそれなりの成功をおさめたかもしれない。
「こういう白身魚の刺身は、ほんとうは一日おいて明日食べた方が、身が柔らかくなり、味もこなれてうまいんだが、まあしょうがない。我慢してくれ」と雨田は包丁を手際《てぎわ》よく使いながら言った。

「贅沢《ぜいたく》は言わないよ」と私は言った。

「食べきれなかったら、明日一人で残ったぶんを食べればいい」

「そうするよ」

「なあ、ところで今夜はここに泊まっていってもいいかな？」と雨田は私に尋ねた。

「できれば今日は、ゆっくりと腰を据えて、おまえと二人で酒を飲みながら話をしたいんだ。しかし酒を飲んでしまうと運転はできないからな。寝る場所は居間のソファでかまわないよ」

「もちろん」と私は言った。「そもそも君の家だ。好きなだけ泊まっていけばいい」

「どこかの女が訪ねてきたりするようなことはないのか？」

私は首を振った。「今のところそういう予定はない」

「なら、泊まらせてもらう」

「なにも居間のソファじゃなくたって、客室にベッドがあるけれど」

「いや、おれとしては居間のソファの方が気楽でいいんだ。あのソファは見かけよりずっと寝心地がいい。昔からあそこで寝るのが好きだった」

雨田は紙袋からシーヴァス・リーガルの瓶を取り出し、封を切って蓋を開けた。私はグラスを二つ持ってきて、冷蔵庫から氷を出した。瓶からグラスにウィスキーを注ぐときに、とても気持ちの良い音がした。親しい人が心を開くときのような音だ。そして我々は二人でウィスキーを飲みながら食事の支度をした。

「二人でこうやってゆっくり酒を一緒に飲むのは、ずいぶん久しぶりだよな」と雨田は言った。

「そういえばそうだな。昔はずいぶん飲んだような気がするけど」

「いや、おれがずいぶん飲んだんだ」と彼は言った。「おまえは昔からそんなには飲まなかった」

私は笑った。「君からみればそうかもしれないけど、ぼくとしてはあれでもずいぶん飲んだんだよ」

私は酔いつぶれるほど酒を飲むことはない。酔いつぶれる前に眠くなって寝てしまうからだ。しかし雨田はそうではない。いったん飲み出すと、とことん腰を据えて飲むタイプだ。

我々は食堂のテーブルをはさんで刺身を食べ、ウィスキーを飲んだ。最初に彼が鯛と一緒に買ってきた新鮮な生牡蠣《なまがき》を四つずつ食べ、それから鯛の刺身を食べた。おろしたての刺身は、とびきり新鮮でうまかった。確かにまだ身は固かったが、酒を飲みながらゆっくり時間をかけて食べた。結局二人で刺身を残らず平らげてしまった。それだけでかなり腹が一杯になった。牡蠣と刺身の他には、ぱりぱりに炙った魚の皮と、わさび漬けと豆腐を食べただけだった。最後に吸い物を飲んだ。

「ひさしぶりに豪勢な食事だった」と私は言った。

「東京じゃなかなかこういう食事はできないよ」と雨田は言った。「このあたりに住むのも悪くなさそうだ。うまい魚が食えるものな」

「でもこのあたりでずっと暮らすとなると、それは君にとってはたぶん退屈な生活になるだろう」

「おまえには退屈か？」

「どうだろう？　ぼくは昔から退屈をそれほど苦にしない。それにこんなところでも、けっこういろんなことが起こるんだよ」

初夏にここに越してきて、ほどなく免色と知り合い、彼と一緒に祠の裏手の穴を暴《あば》き、それから騎士団長が姿を現し、やがて秋川まりえと叔母の秋川笙子が私の生活に入り込んできた。そして性的にたっぷり熟した人妻のガールフレンドが私を慰めてくれた。雨田具彦の生き霊だって訪ねてきた。退屈している暇はなかったはずだ。

「おれも意外に退屈しないかもな」と雨田は言った。「おれは昔は熱心なサーファーだったんだ。このへんの海岸でずいぶん波に乗っていた。知っていたか？」

知らなかった、と私は言った。そんな話は一度も聞かなかった。

「そろそろ都会を離れて、もう一度そういう生活を始めてもいいかなとも思っている。朝起きて海を眺めて、いい波がありそうだったら、ボードを抱えて出かけていく」

私にはそんな面倒なことはとてもできそうにない。

「仕事はどうする？」と私は尋ねた。

「週に二回東京に出て行けば、それでだいたい用は足りる。今のおれの仕事はほとんどがコンピュータ上の作業だから、都心から離れたところに住んでいてもとくに不自由はないんだ。便利な世の中だろう？」

「知らなかった」

彼は呆《あき》れたように私を見た。「今はもう二十一世紀なんだよ。それは知ってたか？」

「話だけは」と私は言った。

食事が終わると我々は居間に移って、酒の続きを飲んだ。秋もそろそろ終わろうとしていたが、その夜はまだ暖炉に火を入れたくなるほど冷え込んではいなかった。

「ところで、お父さんの具合はどうだった？」と私は尋ねた。

雨田は小さくため息をついた。「相変わらずだよ。頭は完全に断線している。卵と、きんたまの見分けもつかないくらいだ」

「床に落として割れたら、それは卵だ」と私は言った。

雨田は声を上げて笑った。「しかし考えてみれば、人間って不思議なものだよな。うちの父親はつい数年前までは、本当に叩《たた》いても蹴《け》ってもびくともしないような、しっかりした男だったんだ。頭の方もいつだって、まるで冬の夜空みたいにきりっと冴《さ》え渡っていた。ほとんど憎たらしいくらいにな。それが今では、記憶のブラックホールみたいになっている。宇宙に突然現れたとりとめもない暗い穴ぼこみたいに」

雨田はそう言って首を振った。

「『人に訪れる最大の驚きは老齢だ』と言ったのは誰だっけな？」

知らない、と私は言った。そんな言葉は聞いたこともない。しかし確かにそうかもしれない。老齢は人にとって、あるいは死よりも意外な出来事なのかもしれない。それは人の予想を遥《はる》かに超えたことなのかもしれない。自分がもうこの世界にとって、生物学的に（そしてまた社会的に）なくてもいい存在であると、ある日誰かにはっきり教えられること。

「で、おまえがこのあいだ見たうちの父親の夢っていうのは、そんなにリアルだったのか？」と政彦は私に尋ねた。

「ああ、夢だとは思えないくらいリアルだった」

「そして父親はこの家のスタジオにいたんだな？」

私は彼をスタジオに案内した。そして部屋の真ん中あたりに置かれているスツールを指さした。

「夢の中で、おたくの父上はそこの椅子にじっと座っていた」

雨田はそのスツールの前に行って、そこに手のひらを載せた。

「何もせずに？」

「ああ、何もせずに、ただそこに腰掛けていた」

本当は彼はそこから壁にかけられた『騎士団長殺し』をまっすぐ凝視していたのだが、そのことは黙っていた。

「これは父親のお気に入りの椅子だった」と雨田は言った。「何の変哲もない古い椅子なんだが、決して手放そうとはしなかった。絵を描くときも、考え事をするときも、いつもここに腰掛けていた」

「実際に座ってみると、不思議に落ち着く椅子なんだ」と私は言った。

雨田はしばらくそこに立って、椅子に手を載せたまま、何かをじっと考え込んでいた。しかしそこに座りはしなかった。それからスツールの前に置かれた、二枚のキャンバスを順番に眺めた。『秋川まりえの肖像画』と、『雑木林の中の穴』、どちらも私が現在描きかけている絵だ。彼はその両方を、時間をかけて注意深く見ていた。まるで医師がレントゲン写真の中に微妙な影を探すような目つきで。

「とても面白い」と彼は言った。「とてもいい」

「両方とも？」

「ああ、どちらもずいぶん興味深い。とくにこの二つを並べると、不思議な動きのようなものを感じる。スタイルはそれぞれにまったく違っているけど、この二つの絵にはどこかでひとつに結びついているような気配がある」

私は黙って肯《うなず》いた。彼の意見は、私自身がこの数日ぼんやりと感じていたことでもあった。

「おれが思うに、おまえは新しい自分の方向を徐々に摑《つか》みつつあるようだ。深い森の中からようやく抜け出そうとしているみたいだ。その流れを大切にした方がいいぜ」

彼はそう言って手にしていたグラスからウィスキーを一口飲んだ。グラスの中で氷がきれいな音を立てた。

　私は彼に、雨田具彦の描いた『騎士団長殺し』を見せてみたいという強い衝動に駆られた。政彦がその父親の絵についてどのような感想を述べるか、それを聞いてみたかった。彼の口にすることは、あるいは私に何か重要なヒントを与えてくれるかもしれない。しかし私はその衝動をなんとか胸の内に押しとどめた。

　まだ早すぎる、と何かが私を制止していた。まだ早すぎる。

　我々はスタジオを出て居間に戻った。風が出てきたらしく、窓の外を厚い雲が北に向けてゆっくり流れていった。月の姿はどこにも見えなかった。

「それで、肝心の話だ」と雨田が腹を決めたように切り出した。

「それは、どちらかといえば話しにくい話なんだろうね」と私は言った。

「ああ、どちらかといえば話しにくい話だ。というか、かなり話しにくい話だ」

「でもぼくはそれを聞く必要がある」

　雨田は身体《からだ》の前で両手をごしごしとこすり合わせていた。まるでこれから何かひどく重いものを持ち上げようとしている人のように。そしてようやく切り出した。

「話というのはユズのことだよ。おれは何度か彼女に会っている。おまえがこの春に家を出ていく前にも、出ていったあとにも。会いたいと言われて、外で会って話をした。でもそのことはおまえには言わないでくれと言われていた。おまえとの間に秘密をつくるのは気が進まなかったけど、まあ、彼女にそう約束したものだから」

　私は肯いた。「約束は大事だよ」

「ユズはおれにとっても友だちだったから」

「知ってる」と私は言った。政彦は友だちを大事にする。それがあるときには彼の弱みにもなる。

「彼女にはつきあっている男がいたんだ。つまり、おまえ以外にということだけど」

「知ってるよ。もちろん今は知っているということだけど」

　雨田は肯いた。「おまえが家を出て行く半年くらい前からかな。二人がそういう関係になったのは。それで、こんなことをおまえに打ち明けるのは心苦しいんだけど、その男はおれの知り合いなんだ。仕事場の同僚だ」

　私は小さくため息をついた。「想像するに、ハンサムな男なんじゃないか？」

「ああ、そうだよ。とても顔立ちの良い男だ。学生時代にスカウトされて、モデルのアルバイトをしていたことがあるくらいだ。で、実を言うと、おれがユズにその男を紹介したみたいなかたちになっている」

　私は黙っていた。

「もちろん結果的にということだけど」と政彦は言った。

「ユズは昔から一貫して、きれいな顔立ちの男に弱いんだ。ほとんど病に近いものだと本人も認めていた」

「おまえの顔だって、それほどひどくないと思うけどな」と政彦は言った。

「ありがとう。今夜はゆっくり眠れそうだ」

我々はしばらくそれぞれに沈黙を守っていた。そのあと雨田が口を開いた。

「とにかくそいつはかなりの美形なんだ。それでいて人柄も悪くない。こんなことを言って、おまえの慰めになるとも思えないけど、暴力を振るうとか、女にだらしないとか、ハンサムなことを鼻にかけているとか、そういうタイプの男ではまったくない」

「それは何よりだ」と私は言った。とくにそんなつもりはなかったのだが、結果的には私の声は皮肉っぽい響きを帯びて聞こえた。

雨田は言った。「去年の九月くらいのことだが、おれがその男と一緒にいるときに、偶然どこかでばったりユズに出会ってね、ちょうど昼飯時だったから、三人で一緒にそのへんで昼飯を食べようということになったんだ。でもそのときは、まさか二人がそんな関係になるなんて考えもしなかったよ。彼はユズより五つくらい年下だったしね」

「でも二人は時を置かず恋人の関係になった」

雨田は小さく肩をすくめるような動作をした。おそらくものごとはとても迅速に進展したのだろう。

「おれはその男から相談を受けた」と雨田は言った。「おたくの奥さんからも相談を受けた。それでかなり困った立場に置かれることになった」

私は黙っていた。何を言っても自分が愚かしく見えることがわかっていた。

雨田はしばらく黙っていた。それから言った。「実をいうと、彼女は今妊娠しているんだ」

私は一瞬言葉を失った。「妊娠している？　ユズが？」

「ああ、もう七ヶ月にはなっている」

「彼女は望んで妊娠したのか？」

雨田は首を横に振った。「さあ、そこまではわからん。しかし産むつもりではいるようだ。だってもう七ヶ月だし、手の打ちようもないだろう」

「彼女はぼくにはずっと、子供はまだつくりたくないと言っていた」

雨田はグラスの中をしばらく眺め、顔を僅かにしかめた。「で、それがおまえの子供であるという可能性はないんだな？」

私は素早く計算をしてみた。そして首を横に振った。「法律的なことはともかく、生物学的にいえば、可能性はゼロだよ。八ヶ月前にはぼくはもう家を出ている。それ以来、顔を合わせたこともない」

「ならいいんだ」と政彦は言った。「しかしとにかく今、彼女は子供を産もうとしていて、そのことをおまえに伝えてもらいたいと言っていた。おまえにそのことで迷惑をかけるつもりはないということだった」

「どうしてそんなことをぼくにわざわざ伝えたいんだろう？」

雨田は首を横に振った。「さあな。いちおう礼儀上、おまえに報告しておくべきだと思ったのかもしれない」

私は黙っていた。礼儀上？

雨田は言った。「とにかくこの一件については、おまえにどこかでしっかり謝っておきたかったんだ。ユズがおれの同僚とそういう仲になっていることを知りながら、おまえに何も言えなかったことは申し訳ないと思っている。いかなる事情があれ」

「だからその埋め合わせに、この家にぼくを住まわせてくれたのか？」

「いや、それはユズの件とは無関係だ。ここは何と言っても父親が長く住んで、ずっと絵を描いていた家だ。おまえなら、そういう場所をうまく引き継いでくれるんじゃないかと思った。誰でもいいからまかせられるというものではないからな」

私は何も言わなかった。それはたぶん嘘《うそ》ではないだろう。

雨田は続けた。「何はともあれ、おまえは送られてきた離婚届の書類に判を捺《お》して、ユズに送り返した。そういうことだよね？」

「正確に言えば、弁護士宛《あ》てに送り返した。だから今頃はもう離婚が成立しているはずだ。たぶん二人はそのうちに時期を選んで結婚することになるんだろう」

そして幸福な家庭を作るのだろう。小柄なユズと、ハンサムな長身の父親と、小さな子供。よく晴れた日曜日の朝、三人が仲良く近所の公園を散歩している。心温まる風景だ。

雨田は私のグラスと自分のグラスに氷を追加し、ウィスキーを注ぎ足した。そして自分のグラスを手にとって一口飲んだ。

私は椅子《いす》から立ってテラスに出て、谷間の向かいの免色の白い家を眺めた。家の窓の明かりがいくつか灯《とも》っているのが見えた。免色は今そこでいったい何をしているのだろう？　今そこで何を思っているのだろう？

夜の空気は今ではかなり冷え込んでいた。すっかり葉を落とした樹木の枝を風が細かく揺らせていた。私は居間に戻り、椅子にもう一度腰を下ろした。

「おれのことを許してくれるかな？」

私は首を振った。「誰が悪いというわけでもないだろう」

「おれとしてはただとても残念なんだよ。ユズとおまえとはお似合いのカップルだったし、とても幸せそうに見えた。そういうものがこうしてあえなく壊れてしまったことについて」

「床に落としてみて、壊れた方が卵だ」と私は言った。

政彦は力なく笑った。「それで、今はどうなんだ？　ユズと別れたあと、誰かつきあっている女はいないのか？」

「いなくはない」

「でもユズとは違う？」

「違うと思う。昔からぼくには、女性に対して一貫して求めているものが何かしらあるんだ。そしてユズはそれを持っていた」

「ほかの女性にはそれが見当たらない？」

私は首を振った。「まだ今のところは」

「気の毒だ」と雨田は言った。「ちなみに、おまえは女性に対していったいどんなものを一貫して求めているのだろう？」

「うまく言葉にはできない。でもそれはぼくが人生の途中でなぜか見失って、そのあと長く探し続けていたものであるはずだ。人はみんなそうやって誰かを愛するようになるものじゃないのか？」

「みんなとは言えないかもしれない」と少し難しい顔をして政彦は言った。「むしろそういう人間は少数派じゃないだろうか。しかしもし言葉にできないのだとしたら、それを絵にすればいいじゃないか。おまえは絵描きだろう」

　私は言った。「言葉にできなければ、絵にすればいい。そう言うのは易しい。でも実際にやるのは簡単じゃない」

「でも追求するだけの価値はあるだろう」

「エイハブ船長は鰯を追いかけるべきだったのかもしれない」と私は言った。

　政彦はそれを聞いて笑った。「安全性という観点から見ればそうかもしれない。しかしそこに芸術は生まれない」

「おい、よしてくれよ。芸術という言葉が出てくると、話がそこですとんと終わってしまう」

「おれたちはどうやらもっとウィスキーを飲んだ方がいいみたいだな」と政彦は首を振りながら言った。そして二人のグラスにウィスキーを注いだ。

「そんなに飲めない。明日の朝には仕事があるんだ」

「明日は明日だ。今日は今日しかない」と政彦は言った。

その言葉には不思議な説得力があった。


「ひとつ君に頼みたいことがあるんだ」と私は雨田に言った。そろそろ話を切り上げて、寝支度をしようかという頃だった。時計の針は十一時前を指していた。

「おれにできることならなんでも」

「よかったら、君のお父さんに会ってみたいんだ。その伊豆の施設に行くときに、ぼくを一緒に連れていってもらえないかな?」

雨田は珍しい生き物を見るような目で私を見た。「うちの父親に会ってみたい?」

「もし迷惑じゃなければ」

「もちろん迷惑なんかじゃないよ。ただね、今の父親はもう、筋の通った話ができる状態じゃなくなっている。混沌《こんとん》とした、ほとんど泥沼みたいなことになっている。だからもしおまえが何かそういう期待を持っているのだとしたら……つまり雨田具彦という人物から何か意味のあるものを受け取りたいと望んでいるのだとしたら、がっかりするかもしれない」

「そういうことは期待していない。ぼくとしては一度でいいから君のお父さんに会って、しっかり顔を見ておきたいんだ」

「どうして？」

私は一息ついて、居間の中を見回した。そして言った。「もう半年この家で暮らしている。お父さんのスタジオで、お父さんの椅子に座って絵を描かせてもらっている。お父さんの使っていた食器で食事をし、お父さんのレコードを聴かせてもらっている。そうやっていると、実にいろんなところに彼の気配みたいなものを感じるんだ。だから雨田具彦という人物と、一度でもいいから実際に顔を合わせておかなくてはという気がしたんだ。たとえまともに話ができなくても、それはかまわない」

「ならいいんだ」と雨田は納得したように言った。「おまえが行ったところで、うちの父親はとくに歓迎もしないし、いやがりもしないよ。誰が誰だかもう見分けがつかなくなっているからさ。だからおまえを一緒に連れて行くことには何の問題もない。近いうちにまた伊豆高原の施設に行くことになると思う。もうあまり長くはないだろうと、医者に宣告されている。いつ何かがあってもおかしくはない状況だ。おまえの予定がなければ、そのときに一緒に連れて行くよ」

私は予備の毛布と枕《まくら》と布団《ふとん》を持ってきて、居間のソファに寝支度をととのえた。そして部屋の中をもう一度ぐるりと見回し、騎士団長の姿が見えないことを確認した。もし雨田が夜中に目を覚まし、そこで騎士団長の姿を——飛鳥時代の衣裳《いしょう》に身を包んだ体長六十センチの男を——目にしたら、きっと肝を潰《つぶ》すだろう。自分がアルコール中毒になったと思い込んでしまうかもしれない。

騎士団長のほかに、この家の中には「白いスバル・フォレスターの男」がいた。その絵は人目につかないように裏向きにしてある。しかし真夜中の暗闇《くらやみ》の中で、私の知らないあいだにどんなことが持ち上がっているか、ちょっと見当もつかない。

「朝までぐっすりと眠れるといいんだけど」と私は雨田に言った。それは本心からの言葉だった。

私は雨田に予備のパジャマを貸してやった。だいたい同じくらいの体型なので、サイズに問題はなかった。彼は服を脱いでそれに着替え、用意した布団の中に潜り込んだ。部屋の空気は少し冷えていたが、布団の中はじゅうぶん温かそうだった。

「おれのことを怒ってないか？」と最後に彼は私に尋ねた。

「怒ったりしていない」と私は言った。

「でも、少しくらいは傷ついているだろう？」

「かもしれない」と私は認めた。少し傷つくくらいの権利は私にもあるはずだ。

「でもコップにはまだ水が十六分の一も残っている」

「そのとおり」と私は言った。

それから私は居間の明かりを消し、自分の寝室に引き上げた。そして少しばかり傷ついた心と共に、ほどなく眠りに就いた。

43 それがただの夢として終わってしまうわけはない

目を覚ましたとき、あたりはもうすっかり明るくなっていた。空は灰色の薄い雲にくまなく覆《おお》われていたが、それでも太陽はその恵み深い光を、地上に淡く静かに注いでいた。時刻は七時少し前だった。

洗面所で顔を洗ってから、コーヒーメーカーをセットし、そのあとで居間の様子を見に行った。雨田はソファの上で布団にくるまって深く眠っていた。目を覚ます気配はまったく見えない。そばのテーブルの上には、もう残り少なくなったシーヴァス・リーガルの瓶が置かれていた。私は彼をそのままにして、グラスと瓶をかたづけた。

私にしてはかなりウィスキーを飲んだはずだが、二日酔いの気配はなかった。頭はいつもの朝のようにすっきりとしていた。胸やけもしていない。私は生まれてから二日酔いというものを経験したことがない。どうしてかはわからない。たぶん生まれつきの体質なのだろう。どれだけ飲んでも、一晩眠って朝を迎えれば、アルコールの痕《こん》跡《せき》はすっかり消えてなくなっている。朝食をとって、すぐさま仕事にとりかかることができる。

トーストを二枚焼いて、卵二つの目玉焼きをつくり、それを食べながらラジオのニュースと天気予報を聴いた。株価が乱高下し、国会議員のスキャンダルが発覚し、中東の都市では大がかりな爆破テロ事件があって多くの人が死んだり傷ついたりしていた。例によって、心が明るくなるようなニュースはひとつも聞けなかった。しかし私の生活に今すぐ悪い影響を及ぼしそうな事件は起こっていなかった。それらは今のところどこか遠くの世界の出来事であり、見知らぬ他人の身に起こっている出来事だった。気の毒だと思いはしても、それに対して私に今すぐ何かができるわけではなかった。天気予報もまずまずの気候を示唆《しさ》していた。素晴らしい日和《ひより》とも言えないが、それほどひどくもない。一日中うっすら曇ってはいるものの、雨が降るようなことはないだろう。たぶん。でも役人たちは、あるいはメディアの人々は利口だから、「たぶん」というような曖昧《あいまい》な言葉は決して用いない。「降水確率」という便利な（誰も責任を負う必要のない）用語がそのために用意されている。

ニュースと天気予報が終わると私はラジオを消し、朝食に使った皿と食器を片付けた。そして食卓の前に座って、二杯目のコーヒーを飲みながら考えごとをした。普通の人なら配達されてきたばかりの朝刊を広げて読むところだが、私は新聞をとっていない。だからコーヒーを飲み、窓の外にある立派な柳の木を眺めながら、ただ考えごとをした。

私はまず、出産を控えている（という）妻のことを考えた。それから彼女はもう私の妻ではないのだということにふと気づいた。彼女と私とのあいだには、もはや何の繋《つな》がりもない。社会契約上も、また人と人との関係においても。私はもうおそらく彼女にとっては何の意味も持たないよその人間になってしまっているのだ。そう考えるとなんだか不思議な気がした。何ヶ月か前までは毎朝一緒に食事をし、同じタオルと石鹸《せっけん》を使い、裸の身体を見せ合い、ベッドを共にしていたというのに、今ではもう関係のない他人になっている。

そのことについて考えているうちに次第に、私自身にとってすら私という人間が意味を持たない存在であるように思えてきた。私は両手をテーブルの上に置き、それをしばらく眺めてみた。それは疑いの余地なく私の両手だった。右手と左手が左右対称にほぼ同じ格好をしている。私はその手を使って絵を描き、料理をつくってそれを食べ、ときには女を愛撫《あいぶ》する。しかしその朝は、それらはなぜか私の手には見えなかった。手の甲も、手のひらも、爪《つめ》も、掌紋も、どれもこれも見覚えのないよその人間のもののように見えた。

私は自分の両手を眺めるのをやめた。かつて妻であった女性について考えるのもやめた。テーブルの前から立ち上がり、浴室に行ってパジャマを脱ぎ、熱いシャワーを浴びた。丁寧に髪を洗い、洗面所で髭《ひげ》を剃《そ》った。それから再び、子供を――私の子供ではない子供を――やがて出産しようとしているユズのことを考えた。考えたくはなかったけれど、考えないわけにはいかなかった。

彼女は妊娠七ヶ月くらいになっている。今から七ヶ月前というと、だいたい四月の後半になる。四月の後半に私はどこで何をしていただろう？　私が一人で家を出て、長い一人旅に出たのは三月の半ばだ。それからずっと年代物のプジョー205を運転して、東北と北海道をあてもなくまわっていた。旅行を終えて東京に戻ってきたのは、五月に入ってからだ。四月後半といえば、北海道から青森に渡った頃だ。函館から下北半島の大間《おおま》まで、移動にはフェリーを使った。

私は旅のあいだつけていた簡単な日記を抽斗《ひきだし》の奥から出して、その頃自分がどのあたりにいたかを調べてみた。私はその時期、海岸から離れて、青森の山の中をあちこち移動していた。もう四月も半ばを過ぎていたが、山間部はまだまだ冷え込んで、雪もしっかりと残っていた。どうしてわざわざそんな寒いところに行こうと思ったのか、理由はよく思い出せない。正確な地名はわからないが、湖の近くの人気《ひとけ》のない小さなホテルに何日か続けて宿泊していたことを覚えている。味気ないコンクリートの古い建物で、食事はかなり質素だったが（でもまずくはない）、宿泊費は驚くほど安かったからだ。そして庭の隅には一日中入れる小さな露天風呂《ぶろ》までついていた。春の営業を再開したばかりで、私の他に泊まり客はほとんどいなかったと思う。

旅行のあいだの記憶はなぜかとても漠然としていた。日記帳がわりのノートブックに記録されているのは、訪れた土地の名前、泊まった施設、食べたもの、車の走行距離、一日分の支出、その程度のものだ。記述は気まぐれで、いかにも素っ気なかった。心情や感想みたいなものはどこにも見当たらない。たぶん書くべきことが何もなかったのだろう。だから日記を読み返しても、ある一日とほかの一日の区別がほとんどつかない。記されている地名だけを見ても、それがどんなところだったか思い出せない。地名すら書いていない日もたくさんある。同じような風景、同じような食べ物、同じような気候（寒いか、それほど寒くないか、その二種類の気候しかそこにはなかった)。今の私に思い出せるのは、そのような単調な反復の感覚だけだ。

小型のスケッチブックに描かれた風景や事物は、日記よりはもう少しありありと私の記憶を蘇《よみがえ》らせてくれた（カメラは持っていかなかったから、写真は一枚も残っていない。その代わりにスケッチをした)。とはいえ私はその旅行のあいだ、それほど多くの絵を描いたわけではない。時間を持てあましたときに、短い鉛筆やボールペンを手にとって、そのへんの目につくものを気まぐれにスケッチしていただけだ。道ばたの草花や、犬や猫や、あるいは山並みなんかを。ときおり気が向くと周りにいる人物のスケッチもしたが、そのほとんどは請《こ》われて相手にあげてしまった。

日記の四月十九日のページのいちばん下に「昨夜・夢」という記述があった。それ以上のことは何も書かれていない。私がその宿に泊まっていたときのことだ。そしてその「昨夜・夢」という文字の下に、２Ｂの鉛筆で太いアンダーラインがぐいと引かれていた。日記に記し、わざわざアンダーラインまで引いたからには、きっと特別な意味を持つ夢であったはずだ。しかしそこでどんな夢を見たのか、思い出すまでに少し時間がかかった。それから記憶が一気に蘇った。

私はその日の明け方近くにとても鮮明な、そして淫靡《いんび》な夢を見たのだ。

夢の中で私は広尾のマンションの一室にいた。私とユズが六年間、二人で暮らしていた部屋だ。ベッドがあって、妻が一人でそこに寝ていた。私はその姿を天井から見下ろしていた。つまり私は空中に浮かんでいたことになる。しかしそのことをとくに不思議には思わなかった。その夢の中では、自分が空中に浮かんでいるのは、私にとってごく当たり前のことだった。決して不自然な出来事ではない。そして言うまでもなく、私はそれを夢だとは思っていなかった。宙に浮かんでいる私にとってそれは、あくまで今そこで実際に起きていることだった。

私はユズを起こさないように、静かに天井から下に降りていった。そしてベッドの足元に立った。私はそのとき性的にとても興奮していた。とても長いあいだ彼女の身体を抱いていなかったからだ。私は彼女がかけていた布団を少しずつ剝《は》いでいった。ユズはずいぶん深く眠り込んでいるらしく（あるいは睡眠導入剤を飲んでいたのかもしれない）、布団をすっかりとっても、目を覚ます気配も見せなかった。身動きひとつしなかった。そのことで私はより大胆になった。ゆっくり時間をかけて彼女のパジャマのズボンを脱がせ、下着をとった。淡いブルーのパジャマと、白い小さなコットンの下着だった。それでも彼女は目を覚まさなかった。抵抗もせず、声もあげなかった。

私はやさしく彼女の脚を開き、指でヴァギナに触れた。それは温かく開き、じゅうぶんに湿っていた。まるで私に触られるのを待ち受けていたみたいに。私はもう我慢できなくなり、堅くなったペニスを彼女の中に押し入れた。というか、その場所は私のペニスを温かいバターのように受け入れ、積極的に呑《の》み込んでいった。ユズは目を覚まさなかったが、そこで大きく息をつき、小さな声を上げた。こうされるのを待ちかねていた、という声だった。乳房に手を触れると、乳首が果実の種のように硬くなっているのがわかった。

彼女は今、何か深い夢を見ているのかもしれない。私はそう思った。そしてその夢の中で私のことを、別の誰かと間違えているのかもしれない。というのはもう長いあいだ、彼女は私に抱かれることを拒んできたからだ。しかし彼女がどんな夢を見ていようと、その夢の中で私をほかの誰と取り違えていようと、私は既に彼女の中に入ってしまっていたし、今さらそれを中断することはできなかった。もし行為の途中で目が覚めたら、ユズは相手が私であることを知ってショックを受けるかもしれない。腹を立てるかもしれない。でももしそうなったとしても、それはそのときのことだ。今はこのまま行き着くところまで行くしかない。私の頭は激しい欲望のために、ほとんど堰《せき》が切れた川のような状態になっていた。

私は最初のうち、眠っているユズを起こさないように、過度の刺激を避けて静かにゆっくりとペニスを動かしていたが、やがて自然にその動きは速くなっていった。彼女の内側の肉は私の到来を明らかに歓迎し、より荒々しい動きを求めていたからだ。そしてほどなく私は射精の瞬間を迎えた。もっと長く彼女の中に入っていたかったが、それ以上自分をコントロールすることは不可能だった。それは私にとってずいぶん久しぶりの性交だったし、彼女は眠りの中にありながら、これまで見せたことのないような積極的な反応をしていたからだ。

射精は激しく、幾度も幾度も繰り返された。精液は彼女の内側で溢《あふ》れ、ヴァギナの外にこぼれ落ち、シーツをべっとりと濡《ぬ》らせていった。止めようとしても、私にはなすすべがなかった。射精を続けたら、自分はこのまま空っぽになってしまうのではないかと心配になるほどだった。それでもユズは声をあげることもなく、息を乱すこともなく、こんこんと眠り続けていた。しかしその一方で、彼女の膣《ちつ》は私を解放しようとはしなかった。それは確固とした意思を持って激しく収縮し、いつまでも私の体液を搾《しぼ》り続けた。

そこで私ははっと目を覚ました。そして自分が実際に射精していることに気づいた。

下着が多量の精液で濡れていた。私はシーツを汚さないように急いで下着を脱ぎ、洗面所でそれを洗った。それから部屋を出て、裏口から庭の温泉に入った。壁も天井もない剝《む》き出しの露天風呂なので、そこに着くまではおそろしく寒いが、いったん湯に身体を沈めてしまえばあとは芯《しん》まで温かくなる。

夜明け前のひっそりとした時刻、私は一人きりでその湯につかり、湯気のために氷が溶けて、水滴となってしたたり落ちる音を聞きながら、何度も何度もその光景を頭の中に再現した。それはあまりに生々しい感触を伴う記憶だったので、とても夢だとは思えなかった。私は本当にあの広尾のマンションを訪れ、本当にユズと性交したのだ。そうとしか考えられなかった。私の両手はユズの肌の滑らかな感触をありありと記憶していたし、私のペニスにはまだ彼女の内側の感触が残っていた。それは私を激しく求め、私にぴったりしがみついていた（あるいは彼女は別の誰かと取り違えていたのかもしれないが、とにかくその相手は私だった）。ユズの性器はペニスをまわりから締め付け、私の精液を一滴残らず自分のものにしようとしていた。

私はその夢について（あるいは夢のようなものについて）、ある種のやましさを感じないでもなかった。要するに私は想像の中で妻をレイプしたのだ。眠っているユズの衣服を剝ぎ取り、相手の了解もなく性器を挿入したのだ。たとえ夫婦間であっても、一方的な性交が法的に暴力行為とみなされることはある。そういう意味では私の行為は決して褒められたものではなかった。しかし結局のところ、客観的に見ればそれは夢なのだ。私が眠りの中で体験したことなのだ。人々はそれを夢と呼ぶ。私が意図してその夢をつくりあげたわけではない。私がその夢の筋書きを書いたわけではない。

　とはいえそれが私が望み、求めたおこないであることも確かだった。もし現実に——夢ではなく——そのような状況に置かれていたら、私はやはり同じことをしていたかもしれない。眠り込んでいる彼女の衣服をそっと剝ぎ取り、彼女の中に勝手に押し入っていたかもしれない。私はユズの身体を抱きたかったし、彼女の中に入りたかった。私はそのような強い欲望に取りつかれていた。そして私は夢の中でそれを、おそらく現実より誇張されたかたちで実現することになった（逆の言い方をすれば、それは夢の中でしか実現できないことだった）。

　そのリアルな性夢は、一人で孤独な旅を続けている私に、しばらくのあいだある種の幸福な実感をもたらしてくれた。浮揚感とでも言えばいいのだろうか。その夢のことを思い出すと、自分はまだひとつの生命として、この世界に有機的に結びついているのだと感じることができた。論理でもなく、観念でもなく、あくまでひとつの肉感を通して、私はこの世界に繋ぎとめられているのだ。

しかしそれと同時に、おそらく誰かが——どこかの別の男が——そのような感覚を、ユズを相手に実際に味わっているのだと思うと、私の心は差し込むような痛みを覚えた。その誰かは彼女の堅くなった乳首を触り、白い小さな下着を脱がせ、彼女の湿ったヴァギナの中に性器を挿入し、何度も射精しているのだ。そのことを想像すると、自分の内側で血が流されているような痛切な感覚があった。それは（思い出せる限り）私が生まれて初めて経験する感覚だった。

それが四月十九日の明け方に私が見た不思議な夢だった。そして私は日記に「昨夜・夢」と記し、その下に2Bの鉛筆で太いアンダーラインを引いたのだ。

そしてちょうどその時期に、ユズは受胎したことになる。もちろんピンポイントで受胎日を特定することはできない。しかしその頃といってもおかしくはないはずだ。

免色の語ってくれた話によく似ている、と私は思った。ただし免色は実際に生身の相手と、オフィスのソファの上で性交をした。夢の中の出来事ではない。そしてちょうどその頃に相手の女性は受胎した。彼女はその直後に年上の資産家と結婚し、ほどなく秋川まりえを出産した。だから秋川まりえが自分の子供ではあるまいかと免色が考えるのは、それなりに根拠のあることだった。ささやかな可能性かもしれないが、現実としてあり得ないことではない。しかし私の場合、私とユズとの一夜の性交は、あくまで夢の中で起こったことにすぎない。そのとき私は青森の山中にいて、彼女は（おそらく）東京の都心にいた。だからユズがこれから出産しようとしている子供が私の子供であるはずはない。論理的に考えるなら、ものごとは実にはっきりしている。そんな可能性はまったくのゼロだ。もし論理的に考えるなら。

　しかしそうやってあっさりと論理だけで片付けてしまうには、私が見た夢はあまりにも鮮烈だった。そしてその夢の中でおこなわれた性行為は、六年にわたる結婚生活のあいだに、私がユズを相手におこなったどんな実際のものより印象的であり、遥かに強い快楽を伴っていた。射精を何度も何度も続けていた瞬間、私の頭の中はすべてのヒューズが同時にはじけ飛んだような状態になっていた。現実のいくつもの層が溶けて頭の中で混じり合い、重く混濁した。まるで世界の原初のカオスのように。

　そんな生々しい出来事がただの夢として終わってしまうわけはない——それが私の抱いた実感だった。その夢はきっと何かに結びついているはずだ。それは現実に何かしらの影響を及ぼしているはずだ。

　九時前に雨田が目を覚ました。彼はパジャマ姿で食堂にやってきて、熱いブラック・コーヒーを飲んだ。朝食はいらない、コーヒーだけでいいと彼は言った。彼の目の下はいくらか腫《は》れていた。

「大丈夫か？」と私は尋ねた。

「大丈夫だよ」と雨田は瞼《まぶた》をこすりながら言った。「もっとひどい二日酔いは何度も経験している。これなんか軽い方だ」

「ゆっくりしていってかまわないよ」と私は言った。

「でもこれからお客が来るんだろう？」

「お客が来るのは十時だ。まだ少し間がある。それに君がここにいたってべつに問題はない。二人に紹介するよ。どちらもなかなか素敵な女性だ」

「二人？　その絵のモデルの女の子は一人じゃないのか？」

「付き添いの叔母さんと一緒に来る」

「付き添いの叔母さん？　ずいぶん古風な土地柄なんだな。まるでジェーン・オースティンの小説みたいだ。まさかコルセットをつけて、二頭だての馬車に乗ってやってきたりはしないよな」

「馬車まではない。トヨタ・プリウスでやってくる。コルセットもつけていない。ぼくがスタジオで女の子の絵を描いているあいだ、だいたい二時間くらいだけど、叔母さんは居間で本を読んで待っている。叔母さんといってもまだ若いんだが」

「本って、どんな本？」

「知らない。訊《き》いたけど、教えてくれなかった」

「ふうん」と彼は言った。「そうそう、ところで本といえば、ドストエフスキーの『悪霊《あくりょう》』の中で、自分が自由であることを証明するために拳銃《けんじゅう》自殺する男がいたと記憶しているんだけど、なんていう名前だっけ？　おまえに訊けばわかるような気がしたんだが」

「キリーロフ」と私は言った。

「そうだ、キリーロフだ。このあいだから思い出そうとしていたんだけど、どうしても思い出せなかった」

「それがどうかしたのか？」

雨田は首を振った。「いや、とくにどうもしない。ただ何かの拍子にその人物のことが頭に浮かんで、名前を思い出そうとしたんだが、どうしても思い出せなかった。それでちょっと気になっていた。魚の小骨が喉《のど》につっかえるみたいにさ。しかしロシア人って、なんだかずいぶん不思議なことを考えるよな」

「ドストエフスキーの小説には、自分が神や通俗社会から自由な人間であることを証明したくて、馬鹿《ばか》げたことをする人間がたくさん出てくる。まあ当時のロシアでは、それほど馬鹿げたことじゃなかったのかもしれないけど」

「おまえはどうなんだ？」と雨田は尋ねた。「おまえはユズと正式に離婚して、晴れて自由の身になった。それで何をする？　自ら求めた自由ではないにせよ、自由は自由だよ。せっかくだから、そろそろ何かひとつくらい馬鹿げたことをしたっていいんじゃないか」

　私は笑った。「今のところとくに何かをするつもりはない。ぼくはとりあえず自由になったのかもしれないけど、だからといってそのことを世界に向かっていちいち証明する必要もないだろう」

「そういうものかな」と雨田はつまらなさそうに言った。「しかしおまえはいちおう絵描きだろう。アーティストだろう。だいたい芸術家っていうのはもっと派手に羽目を外すものだぜ。おまえは昔からなかなか馬鹿げたことをしない男だった。いつだって筋の通ったことをしているみたいに見えた。たまにはそういう抑制を解いた方がいいんじゃないか？」

「金貸しのばあさんを斧《おの》で殺すとか？」

「ひとつの考え方だ」

「誠実な娼婦《しょうふ》に恋をするとか？」

「それもなかなか悪くない」

「考えておくよ」と私は言った。「でもあえてぼくが馬鹿げたことをしなくても、現実というのはそれ自体でじゅうぶんたがをはずしているみたいに見える。だから自分一人くらいはできるだけまともに振る舞っていたいと思うんだよ」

「まあ、それもひとつの考え方かもしれない」と雨田はあきらめたように言った。

それはひとつの考え方というようなものでもないんだ、と私は言いたかった。実際に私のまわりを取り囲んでいるのは、たがのはずれまくった現実なのだ。私までたがをはずしたら、それこそ収拾がつかなくなってしまう。しかし今ここでそんな一部始終を、雨田に説明するわけにもいかない。

「でもとにかく失礼するよ」と雨田は言った。「その二人の女性に会っていきたい気もするけど、東京に仕事も残してきたしな」

雨田はコーヒーを飲み干し、服を着替え、真っ黒な四角いボルボを運転して帰って行った。いくらか腫れぼったい目をして。「邪魔をしたな。でも久しぶりにゆっくり話せて楽しかったよ」

その日、ひとつ腑《ふ》に落ちないことがあった。それは雨田が魚をおろすために持参した出刃包丁がみつからなかったことだ。使用後に丁寧に洗ったきり、どこに持っていった覚えもないのだが、二人で台所じゅうを探し回ってもそれはどうしても見つからなかった。

「まあ、いい」と彼は言った。「たぶんどこかに散歩にでも出かけたんだろう。帰ってきたらとっておいてくれ。たまにしか使わないものだから、次に来たときに回収していくよ」

探しておくと私は言った。

ボルボが見えなくなってから、私は腕時計に目をやった。そろそろ秋川家の二人の女性がやってくる時刻だ。居間に戻ってソファの布団を片付け、窓を大きく開けて、もったりと淀《よど》んだ部屋の空気を入れ換えた。空はまだうっすらと灰色に曇っていた。風はない。

私は寝室から『騎士団長殺し』の絵を持ってきて、前と同じようにスタジオの壁にかけた。そしてスツールに腰掛け、あらためてその絵を眺めた。騎士団長はやはりその胸から赤い血を流し続け、「顔なが」は画面の左下の隅から、その光景を眼光鋭く観察し続けていた。何ひとつ変わったところはない。

しかしその朝、『騎士団長殺し』を眺めながら、私の頭からはどうしてもユズの顔が去らなかった。あれはどう考えても夢なんかじゃない、と私はあらためて思った。きっと私はあの夜、本当にあの部屋を訪れていたのだ。ちょうど雨田具彦が、数日前の真夜中にこのスタジオを訪れたのと同じように、私は現実の物理的制約を超えて、何らかの方法であの広尾のマンションの部屋を訪れ、実際に彼女の内側に入り、本物の精液をそこに放出したのだ。人は本当に心から何かを望めば、それを成し遂げることができるのだ。私はそう思った。ある特殊なチャンネルを通して、現実は非現実的になり得るのだ。あるいは非現実は現実になり得るのだ。人がもしそれを心から強く望むなら。しかしそれは人が自由であることを証明することにはならない。それが証明するのはむしろ逆の事実かもしれない。

もしユズにもう一度会う機会があったら、今年の四月の後半にそのような性的な夢を彼女が見たかどうかを尋ねてみたかった。私が明け方近くの時刻に部屋を訪れ、深く眠っている（ないしは身体《からだ》の自由を奪われている）彼女を犯す夢を見たかどうか。言い換えるなら、その奇妙な夢が私の側だけのものにとどまらず、相互通行的なものとしてあったのかどうか。私としてはそのことを確かめたかった。しかしもしそうだとしたら、もし彼女も私と同じ夢を見ていたのだとしたら、彼女の側からすれば、そのときの私はあるいは「夢魔《むま》」とでも呼ぶべき不吉な、あるいは邪悪な存在であったかもしれない。私は自分がそんな存在であるとは――そんな存在になり得るとは――考えたくなかった。

私は自由なのか？　そのような問いかけは私には何の意味も持たなかった。今の私が何より必要としているのはあくまで、手に取ることのできる確実な現実だった。頼ることのできる足もとの堅い地面だった。夢の中で自分の妻を犯すような自由ではなく。

44
人がその人であることの特徴みたいなもの

まりえはその日、まったく口をきかなかった。いつもの簡素な食堂椅子に座って、モデルの役を務めながら、遠くの風景でも眺めるみたいに、ただまっすぐ私を見ていた。食堂椅子はスツールよりも低かったので、彼女は私を少し見上げるような格好になった。私もとくに彼女に話しかけなかった。何を話せばいいのか思いつけなかったし、とくに何かを話す必要も感じなかったからだ。だから私は無言のまま、キャンバスの上に絵筆を走らせていた。

私はもちろん秋川まりえの姿を描こうとしていたわけだが、同時にそこには私の死んだ妹（コミ）と、かつての妻（ユズ）の姿が混じり込んでいるようだった。意図してそうしたのではない。ただ自然に混じり込んでしまうのだ。私は人生の途上で自分が失ってしまった大切な女性たちの像を、秋川まりえという少女の内側に求めていたのかもしれない。それが健全なおこないなのかどうか、自分ではわからない。しかし私には今のところ、そのような絵の描き方しかできなかった。いや、今のところというのでもない。考えてみれば私はそもそもの最初から、多かれ少なかれそういう絵の描き方をしてきたような気がする。現実に求めて得られないものを絵の中に現出させること。他人には見えないように、私自身の秘密の信号をその奥にこっそり描き込むこと。

　いずれにせよ私はキャンバスに向かって、ほとんど迷うことなく秋川まりえの肖像を描き進めていった。絵は着実に一歩一歩完成へと向かっていた。川が地形のためにときおり回り道をし、またところどころで停滞し淀みながらも、結局は水かさを増しつつ河口へ、そして海へと着実に流れていくように。私はその動きを、まるで血液の流れのようにはっきり体内に感じとることができた。

「あとでここに遊びに来てもかまわない」とまりえは最後に近くなって、小さな声で私にこっそり言った。語尾は断定的に響いたが、それは明らかに質問だった。あとでここに遊びに来てもかまわないかと、彼女は私に尋ねているのだ。

「遊びに来るって、あの秘密の通路を通って？」

「そう」

「かまわないけど、何時頃に？」

「何時かはまだわからない」

「暗くなってからはあまり来ない方がいいと思うな。夜の山の中は何があるかわからないから」と私は言った。

このあたりの闇の中には、いろんなわけのわからないものが潜んでいる。騎士団長や「顔なが」や「白いスバル・フォレスターの男」や雨田具彦の生き霊なんかが。そしておそらくは私自身の性的な分身である夢魔さえ。この私だって場合によっては、夜の闇の中の不吉な何かになり得るのだ。そう考えると微《かす》かな寒気を感じずにはいられなかった。

「できるだけ明るいうちに来る」とまりえは言った。「先生に話したいことがあるの。二人きりで」

「いいよ。待っている」

やがて正午のチャイムが鳴り、私は絵を描く作業をそこで切り上げた。

秋川笙子はいつものようにソファに腰掛けて、熱心に本を読んでいた。分厚い文庫本はそろそろ終わりに近づいているようだった。彼女は眼鏡をはずし、栞《しおり》をはさんで本を閉じ、顔を上げて私を見た。

「作業は進行しています。あと一度か二度まりえさんにここに来ていただければ、絵は完成しそうです」と私は彼女に言った。「時間をとらせてしまって、申し訳なく思っています」

秋川笙子は微笑《ほほえ》んだ。とても感じの良い微笑みだった。「いいえ、そんなことは気になさらないでください。まりちゃんは絵のモデルになることを楽しんでいるみたいですし、私も絵が完成するのを楽しみにしています。それにこのソファは本を読むにはとても良いんです。だからこうして待っていてもちっとも退屈しません。私にとっても、家からしばらく外に出られるのは気分転換になっていいんです」

私は先週の日曜日に、彼女がまりえと一緒に免色の家を訪れたときの印象を尋ねたかった。その立派な屋敷を目にしてどんな感想を抱いたか。免色という人間についてどのような印象を抱いたか。しかし彼女の方からその話題を持ち出さない以上、私がそのような質問をするのは礼儀に反したことのようにも思えた。

秋川笙子はその日もやはりずいぶん気を配った服装をしていた。一般の人が日曜日の朝に近所の家を訪問するような格好ではまったくない。皺《しわ》ひとつないキャメルのスカート、大きなリボンのついた上品な白い絹のブラウス、濃い青灰色のジャケットの襟には、宝石をあしらった金のピンがとめられていた。その宝石は本物のダイアモンドであるように私には見えた。トヨタ・プリウスのハンドルを握るにはいささかファッショナブルに過ぎるような気もする。しかしもちろんそれは余計なお世話だった。そしてトヨタの広報担当者は私とはまったく違う意見を持つかもしれない。

秋川まりえはいつもどおりの服装だった。お馴染《なじ》みのスタジアム・ジャンパーに、穴のあいたブルージーンズ、そしていつも履いている靴より更に汚れた白いスニーカー（踵《かかと》の部分がほとんど潰《つぶ》れている）。

帰り際《ぎわ》に玄関のところで、まりえは叔母にわからないように私にこっそり目配せをした。それは「またあとでね」という二人だけのあいだの秘密のメッセージだった。私は小さく微笑んでそれにこたえた。

秋川まりえと秋川笙子を見送ったあと、私は居間に戻ってソファの上でしばらく昼寝をした。食欲はなかったので、昼食は抜かした。三十分ほどの深く簡潔な眠りで、夢は見なかった。それは私にとってはありがたいことだった。夢の中で自分が何をするかわからないというのは、少なからず恐ろしいことだったし、夢の中で自分が何に、、、、、、、、、、、、、、、、、、、、、、、、、、なるかわからないというのは、もっと恐ろしいことだった。

私は日曜日の午後を、その日の天気と同じようなすんだ、とりとめのない気持ちで送った。薄曇りの静かな一日で、風もなかった。少し本を読み、少し音楽を聴き、少し料理をしたが、何をしてもうまく気持ちをひとつにまとめることができなかった。すべてが中途半端《はんぱ》なまま終わってしまいそうな午後だった。しかたないので風呂を沸かし、長いあいだ湯の中につかっていた。そしてドストエフスキーの『悪霊』の登場人物の長い名前を一人ひとり思い出していった。キリーロフを含めて七人まで思い出すことができた。なぜかはわからないが高校生の頃から、ロシアの古い長編小説の、登場人物の名前を暗記するのが得意だった。そろそろもう一度『悪霊』を読み返してもいいかもしれない。私は自由で、時間を持てあましていて、他にとくにするべきこともないのだから。ロシアの古い長編小説を読むには絶好の環境だ。

それからまたユズのことを考えた。妊娠七ヶ月といえば、お腹《なか》の膨らみが少しは目につくようになっている時期だろう。私は彼女のそんな姿を想像してみた。ユズは今、何をしているのだろう？　どんなことを考えているのだろう？　彼女は幸福なのだろうか？　もちろんそんなことは私にはわかりっこない。

雨田政彦の言うとおりかもしれない。私はたぶん十九世紀のロシアの知識人みたいに、自分が自由な人間であることを証明するために、何か馬鹿げたことをやってみるべきなのかもしれない。でもたとえばどんなことを？　たとえば……暗い深い穴の底に一時間閉じ籠《こ》もるとか。そこで私ははっと思い当たった。それを実際にやっているのは、まさに免色ではないか。彼がおこなっている一連の行為は、あるいは馬鹿げたことではないかもしれない。しかしどう見ても、ごく控えめに言っても、いささか常軌を逸していた。

秋川まりえがうちにやってきたのは、午後四時過ぎだった。玄関のベルが鳴り、ドアを開けるとそこにまりえが立っていた。ドアの隙間《すきま》に身体を滑り込ませるようにして、彼女は素速くするりと中に入ってきた。まるで雲の切れ端みたいに。そして用心深くあたりを見回した。

「誰もいない」

「誰もいないよ」と私は言った。

「きのうは誰かがきていた」

それは質問だった。「ああ、友だちが泊まりにきていたんだ」と私は言った。

「男の友だち」

「そうだよ。男の友だちだ。でも誰かが来たことをどうして知っているの？」

「見たことのない黒い車が家の前にとまっていたから。四角い箱みたいなかたちをした古い車」

雨田が「スウェーデンの弁当箱」と呼んでいる古いボルボのワゴン。トナカイの死体を運ぶのには便利そうな車だ。

「君はきのうもここに遊びに来たんだ」

まりえは黙って肯《うなず》いた。あるいは彼女は暇があれば、「秘密の通路」を抜けて、この家の様子を見に来ているのかもしれない。というか、私がここに来る前からずっと、このあたりは彼女の遊び場だったのだ。猟場と言ってもいいかもしれない。そこにたまたま私が越してきたというだけのことなのだ。とすれば、彼女はここに住んでいた雨田具彦と接触したこともあったのだろうか？　いつかそのことを訊いてみなくてはならない。

私はまりえを居間に連れて行った。そして彼女はソファに、私は安楽椅子《いす》に腰を下ろした。何かを飲むかと私は尋ね、いらないと彼女は言った。

「大学時代の友だちが泊まりに来ていたんだ」と私は言った。

「仲の良い友だち？」

「そう思う」と私は言った。「ぼくにとっては、友だちと呼べるただ一人の相手かもしれない」

彼の紹介した同僚が私の妻と寝ていても、彼がその事実を知りながら私に教えずにいたとしても、それが原因となってつい最近離婚が正式に成立していても、そのことが二人の関係にとくに影を落とさない程度には仲が良い。友だちと呼んでも、真実を侮辱することにはならないだろう。

「君には仲の良い友だちはいる？」と私は尋ねた。

まりえはその質問には答えなかった。眉《まゆ》ひとつ動かさず、何も聞こえなかったような顔をしていた。たぶんそんな質問はするべきではなかったのだろう。

「メンシキさんは、先生にとって仲の良い友だちではない」とまりえは私に言った。疑問符こそついていなかったが、それは純粋な質問だった。免色は私にとっての良い、い、い、い、い、い、い、い、い、い、い、い、い、い

友人ではないということなのか？　彼女はそのように尋ねているのだ。

私は言った。「この前も言ったように、ぼくは免色さんという人のことを、友だちと呼べるほどはよく知らないんだ。免色さんと話をするようになったのはここに越して来てからだし、ぼくがここに住むようになってまだ半年にしかならない。人と人と

が良い友だちになるには、それなりに時間がかかる。もちろん免色さんはなかなか興味深い人だとは思うけど」

「興味深い」

「どういえばいいんだろう。パーソナリティーが普通の人とは少し違っているような気がする。少しというか、かなり違っているかもしれない。そんなに簡単に理解できる人じゃない」

「パーソナリティー」

「つまり人がその人であることの特徴みたいなものだよ」

まりえはしばらくじっと私の目を見ていた。これから口にするべき言葉を慎重に選んでいるみたいに。

「あの人の家のテラスからは、わたしの住んでいるうちがまっ正面に見える」

私は一瞬間を置いてから返事をした。「そうだね。たしかに地形的にちょうど真向かいにあたるから。でも彼の家からは、ぼくの住んでいるこのうちだって同じくらいよく見えるよ。君の家だけじゃなく」

「でもあの人はわたしのうちを見ていると思う」

「見ているというと？」

「人目につかないようにカバーを被《かぶ》せてあったけど、あのうちのテラスに大きな双眼鏡のようなものが置いてあった。三脚みたいなのもついていた。それをつかうと、きっとうちの様子をくわしくのぞくことができる」

この少女はそれを見つけたのだ、と私は思った。注意深く、観察力が鋭い。大事なことは見逃さない。

「つまり、免色さんがその双眼鏡を使って、君のうちを観察しているということ？」

まりえは簡潔に肯いた。

私は大きく息を吸い込み、それを吐いた。そして言った。「でもそれは君の推測に過ぎないんじゃないかな。高性能の双眼鏡がテラスに置いてあるというだけで、君の家を彼がのぞいているということにはならないだろう。あるいは星か月を見ているのかもしれない」

まりえの視線は揺らがなかった。彼女は言った。「わたしにはいつも自分が見られているというカンショクがあった。しばらく前から。でもどこから誰が見ているのか、そこまではわからなかった。でも今ではわかる。見ているのはきっとあの人だった」

私はもう一度ゆっくり呼吸をした。まりえが推測していることは正しい。秋川まりえの家を日々、高性能の軍事用双眼鏡で観察していたのは間違いなく免色だ。しかし私の知る限り――免色を弁護するわけではないけれど――彼は悪《あ》しき意図を持って覗《のぞ》き見をしていたわけではない。彼はその少女をただ眺めていたかったのだ。自分の実の娘であるかもしれない、その美しい十三歳の少女の姿を。そのために、おそらくはただそのためだけに、彼は谷をはさんだ真向かいにあるその大きな屋敷を手に入れたのだ。かなり強引な手を用いて、前に住んでいた家族を追い出すようにして。しかしそんな事情を、私がここでまりえに打ち明けるわけにはいかない。

「もし君の言うとおりだとして」と私は言った。「彼はいったい何を目的として、君の家をそんなに熱心に観察しているのだろう？」

「わからない。ひょっとして、うちの叔母さんに関心があったのかもしれない」

「君の叔母さんに関心があった？」

彼女は小さく肩をすくめた。

自分自身が覗き見の対象になっているかもしれないという疑いを、まりえはまったく抱いていないようだ。自分が男たちの性的な興味の対象になり得るという発想が、その少女にはまだないのかもしれない。少し不思議な気がしたが、私は彼女のその推測をあえて否定しなかった。彼女がそう思っているのだとしたら、そのままにしておいた方がいいかもしれない。

「メンシキさんは、なにかをかくしていると思う」とまりえは言った。

「たとえばどんなものを？」

彼女はそれには答えなかった。そのかわりに大事な情報を差し出すように言った。

「うちの叔母さんは今週になって、もう二度メンシキさんとデートをした」

「デートをした？」

「彼女はメンシキさんの家をたずねたと思う」

「一人で彼の家に行ったということ？」

「昼過ぎに車に乗って一人で外出して、夕方おそくまで戻ってこなかった」

「でも彼女が免色さんのうちに行っていたという確信はない」

まりえは言った。「でもわたしにはわかる」

「どんな風に？」

「彼女はふだんそういう外出はしない」とまりえは言った。「もちろん図書館のボランティアに出かけたり、ちょっとした買いものに行くくらいのことはあるけど、そういうときにていねいにシャワーを浴びたり、爪《つめ》を整えたり、香水をつけたり、いちばんきれいな下着をえらんで身につけていったりすることはない」

「君はいろんなことをとてもよく観察しているんだな」と私は感心して言った。「でも君の叔母さんが会っていたのは本当に免色さんだったんだろうか？　相手は免色さん以外の誰かだったという可能性はないのかな？」

まりえは目を細めて私を見た。それから小さく首を振った。私はそこまで馬鹿じゃない、という風に。いろんな状況からして、たぶんその相手は免色以外には考えられないのだ。そして秋川まりえはもちろん馬鹿ではない。

「君の叔母さんは免色さんの家に行って、彼と二人きりで時間を過ごしている」

まりえは肯いた。

「そして二人は……どう言えばいいのか、とても親密な関係になっている」

まりえはもう一度肯いた。そしてほんの僅《わず》かに頬を赤くした。「そう、とてもシンミツな関係になっているのだと思う」

「でも君は昼間は学校に行ってたんだろう。家にはいなかった。なのにどうしてそんなことがわかるんだ？」

「わたしにはわかる。女のひとの顔つきを見ていれば、それくらいのことはわかる」

でも私にはわからなかった、と私は思った。ユズが私と一緒に暮らしながら他の男と肉体関係を持っていても、私は長いあいだそれに気がつかなかったのだ。今思い起こしてみれば、それくらい思い当たってもよかったはずなのに。十三歳の女の子にもすぐにわかることが、どうして私に感じ取れなかったのだろう？

「二人の関係は、ずいぶん発展が急速だったんだね」と私は言った。

「うちの叔母さんはものをちゃんと考えられる人だし、けっしておろかではない。だけど、心のどこかに少しよわいところがある。そしてメンシキというひとには、普通とはちがう力があると思う。うちの叔母さんとは比べものにならない強い力が」

そのとおりかもしれない、と私は思った。免色という人物には、確かに何かしら特別な力が具《そな》わっている。もし彼が本気で何かを求め、それに沿って行動を起こそうと心を決めたら、普通の人間はおおかたの場合それに抗することができないだろう。たぶん私をも含めて。一人の女性の肉体を手に入れるくらい、彼には造作もないことかもしれない。

「そして君は心配しているんだね。君の叔母さんが免色さんに、何らかの目的のために利用されているのではないかと？」

まりえはまっすぐな黒い髪を手に取り、耳の後ろにまわした。小さな白い耳が露《あら》わになった。素敵なかたちをした耳だった。そして彼女は肯いた。

「でもいったん前に進み始めた男女の関係を止めるのは、そう簡単なことじゃない」

と私は言った。

とても簡単なことじゃない、と私は自分に向かって言った。それはヒンドゥー教徒の持ち出す巨大な山車《だし》のように、いろんなものを宿命的に踏みつぶしながら、ただ前に進んでいくしかない。それが後戻りすることはない。

「だからこうして先生に相談に来た」とまりえは言った。そして私の目をまっすぐのぞき込んだ。

あたりがもうかなり暗くなった頃、私は懐中電灯を手に、秋川まりえを「秘密の通路」の少し手前まで送っていった。夕食までに家に帰らなくちゃならない、と彼女は言った。夕食が始まるのはだいたい七時だ。

彼女は私にアドバイスを求めてやってきた。しかし私にもうまい考えは浮かばなかった。しばらく事態の推移を見ているしかないだろう。私に言えるのはそれくらいだった。もし二人が性的な関係を持っているとしても、結局は独身の成人男女が合意の上で進めていることなのだ。私にいったい何ができるだろう？　そしてその背景となっている事情を私は誰にも（まりえにも、その叔母にも）明かすことはできなかった。そんな状態で誰かに有効なアドバイスを与えることなんて不可能だ。利《き》き腕を背後で縛られてボクシングをしているようなものなのだから。

私とまりえはほとんど口をきかずに雑木林の中の道を並んで歩いた。歩いている途中でまりえは私の手を握った。小さな手だったが、力は予想外に強かった。彼女に急に手を握られて少し驚きはしたが、たぶん子供の頃によく妹の手を握って歩いていたせいだろう、とくに意外には感じなかった。それは私にとってはむしろ懐《なつ》かしい、日常的な感触だった。

まりえの手はとてもさらりとしていた。温かくはあるけれど、汗ばんだりはしていない。彼女は何か考えごとをしているらしく、おそらくは考えていることの中身によって、ときどき握る手がぎゅっと強くなったり、またそっと緩んだりした。そういうところも妹の手が与えてくれた感触によく似ていた。

祠《ほこら》の前にさしかかると、彼女は握っていた手を放し、何も言わずに一人でその裏手に入っていった。私はそのあとをついていった。

ススキの茂みはキャタピラに踏みつぶされた痕跡《こんせき》をまだしっかり残していた。そして穴はいつもどおりひっそりとその奥にあった。穴の上には厚板が何枚か蓋《ふた》としてかぶせられ、蓋の上には重しの石が並んでいた。それらの石の位置が前と違っていないことを私は懐中電灯の明かりで確認した。この前見たときから、誰もその蓋をどかせてはいないようだ。

「中をのぞいてかまわない」とまりえは私に尋ねた。

「のぞくだけなら」

「のぞくだけ」とまりえは言った。

私は石をどかせ、一枚の板を取り除いた。まりえは地面にしゃがんで、その開いた部分から、穴の底をのぞき込んだ。私はその中を照らした。穴の中にはもちろん誰もいなかった。金属製の梯子《はしご》がひとつ立てかけてあるだけだ。もしそうしようと思えば、その梯子を使って穴の底まで降りて、また上ってくることができる。深さは三メートルもないが、もし梯子がなければ、地上に出るのはほぼ不可能になってしまう。壁はつるつるしていて、普通の人にはとてもよじ登れない。

秋川まりえは片手で髪を押さえながら、その穴の底を長いあいだのぞき込んでいた。目を凝らし、そこにある暗黒の中に何かを探し求めるように。その穴のいったい何が彼女の興味をそれほど惹《ひ》きつけるのか、私にはもちろんわからない。それからまりえは顔を上げて私を見た。

「誰がこんな穴をつくったのかな」と彼女は言った。

「さあ、誰が作ったのかな。最初は井戸なのかと思ったけど、そうでもないみたいだ。

だいいちこんな不便なところに井戸を掘る意味もないからね。いずれにせよ、かなり昔に作られたものみたいだ。そしてとても丁寧に作られている。ずいぶん手間がかかったはずだ」

　まりえは何も言わず、じっと私の顔を見ていた。

「このあたりは昔からずっと君の遊び場だった。そうだね？」と私は言った。

　まりえは肯いた。

「でも、祠の裏手にこんな穴があることを、つい最近まで君も知らなかった」

　彼女は首を横に振った。知らなかったということだ。

「先生がこの穴をみつけて、開いたのね」と彼女は尋ねた。

「そう。みつけたのはぼくということになるかもしれない。こんな穴があるとはわからなかったけど、積まれた石の下に何かがあると思った。でも実際に石をどかせて、この穴を開いたのはぼくじゃなくて、免色さんだ」、私は思い切ってそのことを打ち明けた。きっと正直に話しておいた方が良いはずだ。

　そのとき樹上で、鋭い声で一羽の鳥が鳴いた。仲間に何かの警告を与えるような声だった。私はそのあたりを見上げたが、鳥の姿はどこにも見えなかった。葉を落とした枝が幾重にもかさなりあっているだけだ。その上にはのっぺりとした灰色の雲に覆《おお》われた、冬も近い夕暮の空が見えた。

まりえは顔を少しだけしかめた。でも何も言わなかった。

私は言った。「でもどういえばいいんだろう、この穴は誰かの手で開かれることを、強く求めていたみたいだった。そしてまるで、ぼくがそのために召喚《しょうかん》されているみたいだった」

「ショウカンされる？」

「招き、呼び寄せられていた」

彼女は首を曲げて私の顔を見た。「開かれることを先生に求めていた」

「そう」

「この穴が求めていた？」

「ぼくでなくても、誰でもよかったのかもしれない。たまたまぼくがそこに居合わせたというだけかもしれない」

「そしてじっさいにはメンシキさんがこれを開いた」

「うん。ぼくが免色さんをここに連れてきたんだ。もし彼がいなかったら、この穴はたぶん開かれなかっただろうな。人の手ではとても石はどかせられなかったし、ぼくは重機を手配したりするようなお金も持ち合わせていないし。つまり巡り合わせみたいなものだよ」

　まりえはそれについてしばらく考えていた。

「そんなことしない方がよかったかもしれない」と彼女は言った。「前にも言ったと思うけど」

「そのままそっとしておけばよかったと、君は思うんだね？」

　まりえは何も言わず地面から立ち上がって、ブルージーンズの膝《ひざ》についた土を手で何度も払った。それから私と二人で穴に蓋をかぶせ、その上に重しの石を並べた。私はその石の位置をあらためて頭に刻み込んだ。

「そう思う」、彼女は両の手のひらを軽くこすり合わせながら言った。

「ぼくは思うんだけど、この場所には何か伝説というか、言い伝えみたいなものが残っているんじゃないかな。特殊な宗教的背景があるとか」

　まりえは首を横に振った。彼女は知らない。「うちのお父さんならなにか知っているかもしれないけど」

　彼女の父親の一族は明治以前からずっと、地主としてこの一帯を管理してきた。この隣の山も丸ごと秋川家の所有物だ。だからこの穴と祠の意味についても何かを知っているかもしれない。

「お父さんに訊いてもらえるかな？」

まりえは小さく唇を曲げた。「そのうちにきいてみてもいい」、それからしばらく考えて小さな声で付け加えた。「もしそういう機会があれば」

「いったい誰がいつ、何のためにこんな穴をこしらえたのか、それについて何か手がかりがあるといいんだけど」

「この中になにかを閉じ込めて、重い石をかぶせて積んでいたのかもしれない」とまりえはぽつんと言った。

「つまり何かが抜け出してこられないように、穴の上に石の塚を積んで、そして祟《たた》りを避けるために小さな祠をこしらえた——そういうことなのかな？」

「そういうことかもしれない」

「でも我々がそれをこじ開けてしまった」

まりえはまた小さく肩をすくめた。


私は雑木林が終わるところまでまりえを送っていった。そこで、あとは自分一人だけにしてほしいと彼女は言った。暗くても道はちゃんとわかるから大丈夫。「秘密の通路」を通って自宅に帰るところを、誰かに見られたくないのだ。それは彼女だけの知っている大事な抜け道だった。だから私はまりえをそこに残し、一人で家に帰った。空はもうほとんど明るさを残していなかった。冷ややかな闇《やみ》がすぐに訪れようとしていた。

祠の前を通ったとき、同じ鳥がまた同じような鋭い声を上げた。でも今回は私は頭上を見上げなかった。ただまっすぐ祠の前を通り過ぎ、家に戻った。そして自分のためにに夕食をつくった。料理をしながら、シーヴァス・リーガルを少しの水で割って一杯だけ飲んだ。瓶にはあと一杯分が残った。夜は深く静かだった。空の雲が世界中の音を吸収しているみたいに。

この穴はひらくべきではなかった。

そう、秋川まりえの言ったとおりかもしれない。おそらく私はあの穴に関わるべきではなかったのだ。私はここのところ、見当違いなことばかりしているみたいだ。

秋川笙子を抱いている免色の姿を私は想像してみた。白い大きな屋敷の、どこかの部屋にある広いベッドの上で、二人は裸で抱き合っている。それはもちろん私とは関わりのない世界で起こっている、私とは関わりのない出来事だ。しかし二人のことを考えるたびに、置き場のない気持ちが私の中に生まれた。駅を通過していく無人の長い電車を目にしているときのように。

やがて眠りが訪れ、私にとっての日曜日が終わった。私は夢を見ることもなく、誰に妨げられることもなく、ただ深く眠った。

45 何かが起ころうとしている

同時進行させていた二つの絵のうちで、先にできあがったのは『雑木林の中の穴』の方だった。金曜日の昼過ぎにそれは完成した。絵というのは不思議なもので、完成に近づくにつれてそれは、独自の意志と観点と発言力を獲得していく。そして完成に至ったときには、描いている人間に作業が終了したことを教えてくれる（少なくとも私はそう感じる）。そばで見物している人には——もしそのような人がいたとすればだが——どこまでが制作途上の絵なのか、どこからが既に完成に至った絵なのか、まず見分けはつくまい。未完成と完成とを隔てる一本のラインは、多くの場合目には映らないものだから。しかし描いている本人にはわかる。これ以上手はもう加えなくていい、と作品が声に出して語りかけてくるからだ。ただその声に耳を澄ませているだけでいい。

『雑木林の中の穴』も同じだった。ある時点でその絵は完成し、もうそれ以上私の絵筆を受け入れなくなった。まるで性的にすっかり満ち足りてしまったあとの女性のように。私はそのキャンバスをイーゼルから下ろし、床に置いて壁に立てかけた。そして自分も床に腰を下ろし、その絵を長いあいだ見つめていた。蓋を半分かぶせられた穴の絵だ。

どうして自分が突然思い立ってそんな絵を描いてしまったのか、私にはその意味や目的をつきとめることができなかった。私はあるとき、その『雑木林の中の穴』の絵をどうしても描きたくなったのだ。そうとしか言いようがない。そういうことはときとして起こる。何か——ある風景、物体、人物——がただ純粋に、とてもシンプルに私の心を捉《とら》え、私は筆をとってそれをキャンバスに描き始める。これという意味もなければ目的もない。ただの気まぐれのようなものだ。

いや、違う、そうじゃない、と私は思った。「ただの気まぐれ」なんかじゃない。私がこの絵を描くことを何かが求めていたのだ。とても強く。その求めが私を起動させ、この絵に取りかからせ、私の背中を手で押すようにして、短い期間のうちに作品を完成に至らせたのだ。あるいはその穴自体が意志を持ち、私を使って自らの姿を描かせたのかもしれない——何かしらの意図を持って。ちょうど免色が（おそらくは）何かしらの意図をもって、自分の肖像を私に描かせたのと同じように。

ごく公正に客観的に見て、悪くない出来の絵だった。芸術作品と呼ぶことができるかどうか、そこまではわからない（弁解するわけではないが、私はそもそも芸術作品を生み出そうとしてこの絵の制作にとりかかったわけではなかった）。しかし技術的なことに限っていえば、ほとんど文句のつけようはないはずだ。構図も完璧《かんぺき》だし、樹間から差し込む太陽の光も、積もった落ち葉の色あいも、どこまでもリアルに再現されていた。そしてその絵はきわめて細密で写実的でありながら、同時にどこかしら象徴的な、ミステリアスな印象を漂わせていた。

その完成した絵を長いあいだ睨《にら》んでいて私が強く感じたのは、その絵の中には動きの予感のようなものが潜んでいるということだった。それは表面的に見ればタイトル通り、ただの「雑木林の中の穴」を描いた具象的な風景画だった。いや、風景画というよりはむしろ「再現画」と呼んだ方が事実に近いかもしれない。私は曲りなりにも絵を描くことを長く職業としてきたものとして、身につけた技術を駆使し、そこにある風景をキャンバスの上にできる限り忠実に再現した。描くというよりはむしろ記録したのだ。

　でもそこには動きの予感のようなものがあった。この風景の中で、これから何かが動き出そうとしている――私は絵の中からそのような気配を強く感じ取ることができた。今まさに何かがここで始まろうとしている。そして私はそこでようやく思い当たった。私がこの絵の中に描こうとしていたのは、あるいは何かが私に描かせようとしていたのは、その予感であり気配だったのだ。

　私は床の上で姿勢を正し、もう一度あらためてその絵を見直した。

　そこにはこれからいったいどのような動きが見られるのだろう？　半分だけ開いた丸い暗闇の中から誰かが、何かが這《は》い出てくるのだろうか？　あるいは逆に、誰かがその中に降りていくのだろうか？　私は長いあいだ集中してその絵を眺めていたが、そこに出現するのがどのような「動き」なのか、画面から推し量ることはできなかった。ただ何かしらの動きがそこに生まれるに違いないと、強く予感するだけだった。

　そしてなぜ、何のために、この穴は私に描かれることを求めていたのだろう。それは何かを教えようとしているのだろうか？　私に警告のようなものを与えようとしているのだろうか？　まるで謎《なぞ》かけのようだ。たくさんの謎がそこにあり、そして解答はひとつとしてない。この絵を秋川まりえに見せて、彼女の意見を聞きたいと私は思った。彼女ならそこに何か、私の目には見えないものを見て取るかもしれない。

金曜日は小田原駅近くの絵画教室で講師を務める日だ。秋川まりえが生徒として教室にやってくる日でもある。教室の終わったあと、彼女とそこで何か話ができるかもしれない。私は車を運転してそこに向かった。

駐車場に車を駐《と》め、教室が始まるまでにはまだ時間があったので、いつものように喫茶店に入ってコーヒーを飲んだ。スターバックスのような明るくて機能的な店ではなく、初老の店主が一人で切り盛りしている昔ながらの、路地裏の喫茶店だ。濃い真っ黒なコーヒーを、ひどく重いコーヒーカップに入れて出す。古いスピーカーから古い時代のジャズが流れている。ビリー・ホリデーとかクリフォード・ブラウンとか。そのあと商店街をぶらぶらと歩いているうちに、コーヒーフィルターが残り少なくなっていることを思い出して、それを買った。そのあと中古レコードを売っている店をみつけて中に入り、古いLPを眺めて時間をつぶした。考えてみればずいぶん長いあいだ、クラシック音楽しか聴いていなかった。雨田具彦のレコード棚にはクラシック音楽のレコードしか置かれていなかったからだ。そして私はラジオではAM放送のニュースと天気予報以外の番組をまず聞かなかった（地形の関係でFM放送の電波はほとんど入らなかった)。

私が広尾のマンションに持っていたCDとLPは——たいした数ではないが——全部あとに残してきた。本にせよレコードにせよ、私の所有する物とユズの所有する物とをひとつひとつ分別することが煩《わずら》わしかったからだ。ただ面倒というだけではなく、それは不可能に近い作業でもあった。たとえばボブ・ディランの『ナッシュヴィル・スカイライン』や、「アラバマ・ソング」の入ったドアーズのアルバムは、いったいどちらの持ち物になるのだろう？　どちらがそれを買ったかなんて、今となってはどうでもいいことだった。とにかく我々は同じ音楽を一定期間二人で共有し、一緒にそれを聴いて日々の生活を送ったのだ。物体を区分けすることができても、それに付随する記憶を区分けすることはできない。だとしたらすべてをあとに残していくしかない。

私はそのレコード店で『ナッシュヴィル・スカイライン』と、ドアーズのファースト・アルバムを探してみたが、どちらも見当たらなかった。あるいはCDでならあったのかもしれないが、私はやはり昔ながらのLPでそれらの音楽を聴きたかった。それにだいいち、雨田具彦の家にはCDプレーヤーは置いていない。カセットデッキだってない。レコード・プレーヤーが何台かあるだけだ。雨田具彦は何によらず新しい機器に好意を抱かないタイプの人であったようだ。電子レンジの二メートル以内に近づいたこともないのではないだろうか。

私は結局、その店で目についた二枚のLPを買った。ブルース・スプリングスティーンの『ザ・リヴァー』と、ロバータ・フラックとダニー・ハサウェイのデュエットのレコード。どちらも懐かしいアルバムだった。ある時点から私は新しい音楽をほとんど聴かなくなってしまった。そして気に入っていた古い音楽だけを、何度も繰り返し聴くようになった。本も同じだ。昔読んだ本を何度も繰り返し読んでいる。新しく出版された本にはほとんど興味が持てない。まるでどこかの時点で時間がぴたりと停止してしまったみたいに。

あるいは時間は本当に停止してしまったのかもしれない。あるいは時間はまだかろうじて動いてはいるものの、進化みたいなものは既に終了してしまったのかもしれない。ちょうどレストランが閉店の少し前に、もう新しい注文を受け付けなくなるのと同じように。そして私ひとりがまだそのことに気がついていないだけかもしれない。

私はその二枚のアルバムを紙袋に入れてもらい、代金を払った。それから近くの酒屋に寄ってウィスキーを買い求めた。どの銘柄にしようか少し迷ったが、結局シーヴァス・リーガルを買った。ほかのスコッチ・ウィスキーよりも少し値段は高かったが、雨田政彦が今度うちに遊びに来たとき、それが置いてあればきっと喜ぶだろう。

そろそろ教室の始まる時刻になったので、私はレコードとコーヒーフィルターとウィスキーを車の中に置いて、教室のある建物に入った。まず最初に五時からの子供たちのクラスがあった。秋川まりえが属しているクラスだ。しかしそこにまりえの姿は見当たらなかった。それはとても意外なことだった。彼女はずいぶん熱心にその教室に通っていたし、私の知る限りでは欠席したのは初めてのことだ。だから彼女の姿が教室のどこにも見えないと、なんだか落ち着かない気持ちになった。そこには何かしら不穏な気配さえ感じられた。彼女の身に何かが起こったのだろうか？　急に体調を崩したとか、何か突発的な事件が起きたとか。

しかしもちろん私はなにごともなかったように、子供たちに簡単な課題を与えて絵を描かせ、一人ひとりの作品について意見を述べたり、アドバイスを与えたりした。そのクラスが終了すると、子供たちは家に帰り、今度は成人のための教室になった。その教室もとくに支障なく終えた。人々とにこやかに世間話をした（私のあまり得意とする分野ではないが、やってできなくはない）。それから絵画教室の主宰者と、今後の予定について短い打ち合わせをした。秋川まりえがなぜ今日教室を休んだかは、彼も知らなかった。彼女の家からの連絡もとくにないということだ。

教室を出てから一人で近所の蕎麦《そば》屋に入って、温かい天ぷら蕎麦を食べた。これもいつもの習慣だ。いつも同じ店で、いつも天ぷら蕎麦を食べる。それが私のささやかな楽しみになっている。それから車を運転して山の上の家に戻った。家に戻ったときには、もう夜の九時近くになっていた。

電話機には留守番電話機能がついていなかったので（そのような小賢《こざか》しい装置も雨田具彦の好みにはあわなかったようだ）、出かけているあいだに誰かから電話がかかってきたかどうかもわからなかった。私はしばらくのあいだそのシンプルな旧式の電話機をじっと見つめていたが、電話機は私に何も教えてくれなかった。ただじっとその黒々とした沈黙を守っているだけだった。

ゆっくり風呂《ふろ》に入り、身体《からだ》を温めた。それから瓶に残っていたシーヴァス・リーガルの最後の一杯ぶんをグラスに注ぎ、冷凍庫の角氷を二つ入れ、居間に行った。そしてウィスキーを飲みながら、さきほど買ってきたレコードをターンテーブルに載せた。クラシック音楽以外の音楽がその山の上の家の居間に流れると、最初はどうもそぐわない気がしてならなかった。きっとその部屋の空気は長い歳月をかけ、古典音楽に合わせて調整されてきたのだろう。でも今そこに流れているのは、私にとっては聴き慣れた音楽だったから、時間の経過とともに、懐かしさがそぐわなさを少しずつ克服していった。そしてやがては、身体の筋肉が各部でほぐれていくような心地よい感覚がそこに生まれた。私の筋肉は自分でも気づかないうちに、あちこちで固くなっていたのかもしれない。

ロバータ・フラックとダニー・ハサウェイのLPのA面を聴き終え、グラスを傾けながらB面の一曲目（「フォー・オール・ウィー・ノウ」、素敵な歌唱だ）を聴いているところで、電話のベルが鳴った。時計の針は十時半を指していた。こんな遅くにうちに電話がかかってくることはまずない。受話器を取るのは気が進まなかった。しかしそのベルの鳴り方には心なしか差し迫った響きが聴き取れた。私はグラスを置いてソファから立ち上がり、レコードの針を上げ、それから受話器を取った。

「もしもし」と秋川笙子の声が言った。

私は挨拶《あいさつ》をした。

「夜分まことに申し訳ありません」と彼女は言った。彼女の声はいつになく切迫して聞こえた。「先生にちょっとおうかがいしたかったのですが、まりえは今日、そちらの絵画教室にはうかがいませんでしたよね？」

来ていないと私は言った。それはいささか不思議な質問だった。まりえは学校（地元の公立中学校だ）の授業が終わると、そのまま教室にやってくる。だからいつも制服姿で絵画の教室にやってくる。教室が終了するころに、叔母が車で彼女を迎えに来る。そして二人は家に帰っていく。それがいつもの習慣だった。

「まりえの姿が見当たらないんです」と秋川笙子は言った。

「見当たらない？」

「どこにもいないんです」

「それはいつからですか？」と私は尋ねた。

「学校に行くといって、いつものように朝に家を出ました。車で駅まで送ろうかと言ったんですが、歩くからいいとまりえは言いました。あの子は歩くのが好きなんです。車に乗るのがあまり好きじゃありません。何かあって遅刻しそうなときは私が車で送りますが、そうでなければ普通は歩いて山を降りて、そこからバスに乗って駅まで行きます。そしてまりえは朝の七時半にいつものように家を出て行きました」

それだけを一息で話すと秋川笙子は少し間を置いた。電話口で呼吸を整えているようだった。私もそのあいだに、与えられた情報を頭の中で整理した。それから秋川笙子は話を続けた。

「今日は金曜日です。学校がひけたあとそのまま絵画教室に行く日でした。いつもは教室の終わる頃に私が車で迎えに行きます。でも今日はバスに乗って帰るから、迎えに来なくていいとまりえは言いました。だから迎えにいかなかったんです。なにしろ言い出したらきかない子ですから。普通、そういうときには七時から七時半のあいだに家に帰ってきます。そして食事をとります。でも今日は八時になっても、八時半になっても帰ってきません。それで心配になったもので、教室に電話をかけて、事務の方に今日まりえが来ていたかどうか確認してもらいました。今日は来ていないということでした。それで私はとても心配になってきました。もう十時半ですが、この時刻になってもまだ帰宅していません。連絡ひとつありません。それでひょっとして先生が何かご存じではないかと思って、このようにお電話を差し上げたんです」

「まりえさんの行き先について、ぼくには心当たりはありません」と私は言った。「今日の夕方教室に入って、まりえさんの姿が見えなかったので、あれっと思ったくらいです。彼女が教室を休むというのは、これまでなかったことですから」

秋川笙子は深いため息をついた。「兄はまだ帰宅していません。いつ帰宅するかもわかりませんし、連絡もつきません。今日帰ってくるかどうかさえ確かじゃありません。私一人でこの家にいて、どうすればいいのか途方に暮れてしまって」

「まりえさんは学校に行く服装で、朝にお宅を出たんですね？」と私は尋ねた。

「ええ、学校の制服を着て、バッグを肩にかけて。いつもと同じかっこうです。ブレザーコートにスカートです。でも実際に学校に行ったのかどうかまではわかりません。もう夜も遅いですし、今のところ確認のしようがありません。でも学校には行ったと思うんです。もし無断欠席をしたら、学校から連絡があるはずですから。お金もその日に必要なぶんだけしか持っていないはずです。携帯電話はいちおう持たせているのですが、電源は切られています。あの子は携帯電話が好きじゃないんです。自分から連絡してくるとき以外は、しょっちゅう電源を切ってしまっています。いつもそのことで注意しているのですが。何か大事なことがあったときのために、電源だけは入れておいてくれと――」

「これまでこんなことはなかったのですか？　夜の帰宅が遅くなるようなことは？」

「こんなことは本当に初めてです。まりえは学校にはまじめに通う子供でした。親しい友だちがいるわけでもなく、学校がそんなに好きというのでもないようですが、いったん決められたことはしっかり守る子供です。小学校でも皆勤賞をもらっていました。そういう意味ではとても律儀《りちぎ》なんです。そして学校が終わったらいつもまっすぐ家に帰ってきます。どこかでふらふらしていたりするようなことはありません」

まりえが夜中によく家を抜け出していることに、叔母はやはりまったく気づいていないらしい。

「今朝、何かいつもとは違う様子みたいなものはありませんでしたか？」

「いいえ。普段の朝と変わりありません。いつもとまったく同じです。温かいミルクを飲んで、トーストを一枚だけ食べて、家を出ていきます。判で捺《お》したみたいに同じものしか口にしません。いつものように私が朝食を用意しました。今朝あの子はほとんど口をききませんでした。でもそれはいつものことです。時としていったんしゃべり出すととまらなくなることがありますが、普段は返事だってろくにしません」

秋川笙子の話を聞いているうちに、私もだんだん不安になってきた。時刻は十一時に近づいているし、もちろんあたりは真っ暗になっている。月も雲に隠れている。秋川まりえの身にいったい何が起こったのだろう？

「あと一時間待って、もしまりえと連絡がつかなかったら、警察に相談してみようかと思います」と秋川笙子は言った。

「その方がいいかもしれませんね」と私は言った。「もしぼくに何かできることがあったら、遠慮なく言ってください。遅くなってもかまいませんから」

秋川笙子は礼を言って電話を切った。私は残っていたウィスキーを飲み干し、グラスを台所で洗った。

そのあと私はスタジオに入った。明かりをすべて点《とも》し、部屋をすっかり明るくして、イーゼルに載せられた描きかけの『秋川まりえの肖像』をあらためて眺めた。絵はあと少し手を加えれば完成するところまできていた。そこには十三歳の無口な少女の、あるべきひとつの姿が立ち上げられていた。ただ彼女の姿かたちばかりではなく、彼女の存在が孕《はら》んでいる、目には映らないいくつかの要素がそこに含まれているはずだった。視覚の枠外に隠されているそのような情報をできるだけ明らかにすること、それらが発するメッセージを別の形象に置き換えていくこと、それが私が自分の作品に――もちろん営業用の肖像画は別にして――求めることだった。そういう意味では、秋川まりえは私にとってずいぶん興味深いモデルだった。彼女の姿かたちには、多くの示唆《しさ》がまるで騙《だま》し絵のように潜んでいたからだ。そして今朝から彼女の行方がわからなくなっている。まるでまりえ自身がその騙し絵の中に引き込まれてしまったみたいに。

それから私は床に置いた『雑木林の中の穴』を眺めた。その日の午後に描き上げたばかりの油絵だ。その穴の絵は『秋川まりえの肖像』とはまた違った意味合いで、別の方向から、私に何かを訴えかけているようだった。

何かが起ころうとしているのだ、とその絵を見ながら私はあらためて感じた。今日の午後まではあくまで予感でしかなかったものが、今では現実を実際に侵食し始めている。それはもう予感でもない。すでに何かが起き始めているのだ。秋川まりえの失《しっ》踪《そう》はその『雑木林の中の穴』と何か繋《つな》がりを持っているに違いない。私はそう感じた。私が今日の午後に『雑木林の中の穴』の絵を完成させたことによって何かが起動し、動き出したのだ。そしておそらくその結果、秋川まりえはどこかに姿を消してしまった。

でもそれを秋川笙子に説明するわけにはいかない。そんなことを言われても、彼女はわけがわからなくて余計に混乱するだけだろう。

私はスタジオを出て、台所に行って水をグラスに何杯か飲み、口の中に残っていたウィスキーの匂《にお》いを洗い流した。それから受話器を取り上げて、免色の家に電話をかけた。三度目のコールの途中で彼が電話口に出た。その声からは、誰かからの重要な連絡を待っていたときのような、いくぶんこわばった響きが微《かす》かに聴き取れた。電話をかけてきたのが私であったことに彼は少し驚いたようだった。しかしそのこわばりは瞬時にほどけ、普段の冷静で穏やかな声に戻った。

「こんな夜分に電話をして申し訳ありません」と私は言った。

「かまいませんよ、ぜんぜん。私は遅くまで起きていますし、どうせ暇な身です。あなたとお話ができるのはなによりです」

挨拶は抜きにして、秋川まりえの行方がわからなくなっていることを、私は手短に説明した。その少女は学校に行くと言って朝に家を出たきり、まだ帰宅していない。絵画教室にも姿を見せなかった。免色はそのことを知らされて驚いたようだった。少しのあいだ言葉を失っていた。

「そのことで、あなたには心当たりみたいなものはないんですね?」、免色はまず私にそう尋ねた。

「まったくありません」と私は答えた。「寝耳に水です。免色さんの方には?」

「もちろん思い当たることは何もありません。彼女は私とはほとんど口をきいてくれませんから」

彼の声にはとくに感情は混じっていなかった。ただ単純に事実を述べているだけだ。

「もともとが無口な子なんです。誰ともろくに口をききません」と私は言った。「しかしとにかく、まりえさんがこの時刻になってもまだ帰宅しないことで、秋川笙子さんはずいぶん混乱しているみたいです。父親はまだ帰ってこないみたいだし、一人きりでどうしていいかわからない様子です」

免色はまたひとしきり、電話口で黙り込んだ。彼がそのように何度も言葉を失うのは、私の知る限りきわめて珍しいことだった。

「それについて、何か私にできることはありますか？」、彼はようやく口を開いて私にそう尋ねた。

「急なお願いですが、これからこちらに来ていただくことは可能ですか？」

「あなたのお宅にですか？」

「そうです。そのことに関連して、少しご相談したいことがあるんです」

免色は一瞬間を置いた。それから言った。「わかりました。すぐにうかがいましょう」

「何かそちらでご用事があるわけではないんですね？」

「用事というほど大したものじゃありません。なんとでもなることです」と免色は言った。そして小さく咳払《せきばら》いをした。時計に目をやるような気配があった。「今から十五分ほどでそちらにうかがえると思います」

受話器を置いてから、私は外に出る支度をした。セーターを着て、革ジャンパーを用意し、大型の懐中電灯をそばに置いた。そしてソファに座って、免色のジャガーがやってくるのを待った。

46 高い強固な壁は人を無力にします

免色がやってきたのは十一時二十分だった。ジャガーのエンジンの音が聞こえると、私は革ジャンパーを着て家の外に出て、免色がエンジンを切って車から降りてくるのを待った。免色は紺色の厚手のウィンドブレーカーに、黒い細身のジーンズという格好だった。首に薄手のマフラーを巻いて、靴は革製のスニーカーだった。豊かな白髪が夜目にも鮮やかだった。

「これからあの林の中の穴の様子を見に行きたいのですが、かまいませんか？」

「もちろんかまいません」と免色は言った。「でもあの穴が、秋川まりえの失踪となにか関係しているのですか？」

「それはまだわかりません。ただ少し前から、不吉な予感がしてならないんです。あの穴に関連して何かが持ち上がっているのではないかという予感が」

免色はそれ以上何も尋ねなかった。「わかりました。一緒に様子を見に行きましょう」

彼はジャガーのトランクを開け、中からランタンのようなものを取り出した。そしてトランクを閉め、私と一緒に雑木林に向かった。月も星も出ていない暗い夜だった。風もない。

「こんな夜中にお呼びたてをして、申し訳ありませんでした」と私は言った。「でもあの穴の様子を見に行くのに、あなたに一緒に来ていただいた方がいいような気がしたんです。もし何かあったとき、一人ではうまく処理しきれないような気がしたものですから」

彼は手を伸ばし、ジャンパーの上から私の腕をとんとんと軽く叩《たた》いた。励ますように。「そんなことはぜんぜんかまいません。気にしないでください。私にできることならなんでもします」

我々は木の根に足をひっかけたりしないように、懐中電灯とランタンで足もとの地面を照らしながら、慎重に歩を運んだ。我々の靴底が積もった落ち葉を踏む音だけが耳に届いた。夜の雑木林には、それ以外どんな音もしなかった。まわりにいろんな生き物が身を隠し、息をひそめて我々をじっと見守っているような重苦しい気配があった。真夜中の深い闇がそのような錯覚を生み出すのだ。事情を知らない誰かがこんな我々の姿を目にしたら、これから墓荒らしに出かける二人組だと思うかもしれない。

「ひとつだけ、あなたにうかがいたいことがあるのですが」と免色は言った。

「どんなことでしょう？」

「秋川まりえがいなくなったことと、あの穴とのあいだに何か関連性があると、どうしてあなたは思うのですか？」

私は少し前に彼女と一緒にその穴を見に行ったことを話した。彼女は教えられる前から、既にこの穴の存在を知っていた。この一帯は彼女の遊び場なのだ。このあたりで起こった出来事で彼女の知らないことはない。そこで彼女が口にしたことを、私は免色に教えた。その場所はそのままにしておくべきだった、その穴を開いたりするべきではなかった、とまりえは言ったのだ。

「彼女はあの穴を前にして何か特別なものを感じているみたいでした」と私は言った。

「どう言えばいいのだろう……たぶんスピリチュアルなものを」

「そして関心を持っていた？」と免色は言った。

「そのとおりです。彼女はあの穴に警戒心を抱いていたのと同時に、その姿かたちにとても心を惹かれているようでした。だからあの穴に関連して彼女の身に何かが起こったのではないかと、ぼくとしては心配でならないんです。ひょっとして穴の中から出られなくなっているかもしれないと」

免色はそれについて少し考えていた。それから言った。「あなたはそのことを彼女の叔母さんに言いましたか？　つまり秋川笙子さんに？」

「いいえ、まだ何も言っていません。そんなことを言い出したら、そもそも穴の説明から始めなくてはなりません。どういう経緯であの穴を開くことになったのか、なぜそこに免色さんが関わってくるのか。とても長い話になるし、ぼくの感じているものはうまく伝わらないかもしれません」

「それに余計な心配をさせるだけだ」

「とくに警察が絡《から》んでくれば、話は更に面倒になります。もし彼らがあの穴に関心を抱いたりしたら」

免色は私の顔を見た。「警察が既に絡んでいるのですか？」

「ぼくが彼女と話をした時点では、まだ警察に連絡はしていませんでした。しかしたぶんそろそろ捜索願が出されているはずです。なにしろもうこんな時刻になっていますから」

免色は何度か肯《うなず》いた。「まあ、それは当然のことでしょうね。十三歳の女の子が真夜中近くになっても家に戻ってこない。どこに行ったかもわからない。家の人としては警察に連絡しないわけにはいかない」

しかし警察が関与してくることを、免色はどうやらあまり歓迎してないようだった。彼の声の響きにはそういう雰囲気が聞き取れた。

「この穴のことは、できるだけあなたと私だけのことにしておきましょう。あまりよそには広めない方がよさそうだ。たぶん話が面倒になるだけです」と免色は言った。

私もそれに同意した。

そして何よりも騎士団長の問題がある。そこから出てきた騎士団長としてのイデアの存在を明かすことなく、その穴の特殊性を人に説明するのはほとんど不可能に近い。そんなことをしても、免色が言うようにたぶん話がより面倒になるだけだ（それにもし騎士団長の存在を明かしたとしても、誰がそんなことを信じてくれるだろう？　私の正気が疑われるだけだ）。

我々は小さな祠の前に出て、その裏手にまわった。ショベルカーのキャタピラに無残に踏みつぶされ、いまだに倒れ伏したような格好のままのススキの茂みを踏み越えていくと、そこにいつもの穴があった。我々はまず明かりをかざしてその蓋《ふた》を照らした。蓋の上には重しの石が並べられていた。私は配置を目で調べた。ほんの少しではあるが、石が動かされたような形跡があった。このあいだ私とまりえがその蓋を開けて閉めたあと、誰かがその石をどかして蓋を開け、それからまた蓋を閉めて、石をできるだけ前と同じように並べ直したようだった。そのちょっとした違いを私は見て取ることができた。

「誰かが石をどかせて、この蓋を開けた形跡があります」と私は言った。

免色は私の顔をちらりと見た。

「それは秋川まりえでしょうか？」

私は言った。「さあ、どうでしょう。でも知らない人はまずこんなところにやってこないし、我々以外にこの穴の存在を知っている人間といえば、彼女くらいのものです。その可能性は大きいかもしれない」

もちろん騎士団長は穴の存在を知っている。なにしろ彼はそこから出てきたのだから。しかし彼はあくまでイデアだ。そもそも形のない存在だ。中に入るのにわざわざ重しの石をどかせたりはしないだろう。

それから我々は蓋の上の石をどかせ、穴の上に被《かぶ》せていた厚板をすべてはがした。そして直径二メートル近くの円形の穴が、再びそこに出現した。それは前に見たときよりもより大きく、より黒々として見えた。でもそれもやはり夜の闇がもたらす錯覚だろう。

私と免色は地面にかがみ込むようにして、懐中電灯とランタンで穴の中を照らしてみた。しかし穴の中には人の姿はなかった。何の姿もなかった。いつもと同じ高い石壁にまわりを囲まれた、無人の筒型の空間があるだけだった。しかし一つだけ前とは違っていることがあった。梯子《はしご》が姿を消していたのだ。石塚をどかせた造園業者が厚意で置いていってくれた折りたたみ式の金属製の梯子だ。最後に見たとき、それは壁に立てかけてあった。

「梯子はどこにいったんだろう？」と私は言った。

梯子はすぐに見つかった。それは奥の方の、キャタピラに踏みつぶされなかったススキの茂みの中に横たわっていた。誰かが梯子を外して、そこに放り出したのだ。重いものではないから、持ち運びにそれほどの力は要しない。私たちはその梯子を運んで、元のように壁に立てかけた。

「私が下に降りてみましょう」と免色が言った。「何かが見つかるかもしれません」

「大丈夫ですか？」

「ええ、私なら心配ありません。前にも一度降りたことはありますから」

そう言うと、免色はランタンを片手に何でもなさそうにその梯子を降りていった。

「ところでベルリンの東西を隔てていた壁の高さをご存じですか？」と免色は梯子を降りながら私に尋ねた。

「知りません」

「三メートルです」と免色は私を見上げて言った。「場所にもよりますが、だいたいそれが基準の高さでした。この穴の高さより少し高いくらいです。それがおおよそ百五十キロにわたって続いていました。私も実物を見たことがあります。ベルリンが東西に分断されている時代に。あれは痛々しい光景だった」

免色は底に降り立ち、ランタンであたりを照らした。そしてなおも地上にいる私に向けて語り続けた。

「壁はもともとは人を護《まも》るために作られたものです。外敵や雨風から人を護るために。しかしそれはときとして、人を封じ込めるためにも使われます。そびえ立つ強固な壁は、閉じ込められた人を無力にします。視覚的に、精神的に。それを目的として作られる壁もあります」

免色はそう言うと、そのまましばらく口を閉ざした。そしてランタンをかざしてまわりの石壁と、地面を隅々まで点検した。まるでピラミッドのいちばん奥にある石室を調査する考古学者のように、怠りなく丹念に。ランタンの明かりは強力で、懐中電灯よりずっと広い範囲を照らし出した。それから彼は地面の上に何かをみつけたらしく、膝《ひざ》をつくようにして、そこにあるものを子細に観察していた。しかしそれが何なのか、上からはわからなかった。免色も何も言わなかった。彼がみつけたのはどうやら、とても小さなものであるらしかった。彼は立ち上がり、その何かをハンカチにくるんでウィンドブレーカーのポケットに入れた。そしてランタンを頭上に掲げ、地上にいる私を見上げた。

「今から上がります」と彼は言った。

「何かみつかりましたか？」と私は尋ねた。

免色はそれには答えなかった。そして梯子を注意深く登り始めた。一歩上がるごとに身体の重みで梯子は鈍く軋《きし》んだ。私は彼が地上に戻ってくるのを、懐中電灯で照らしながら見守っていた。身の動かし方を見ていると、彼が日頃から身体中の筋肉を機能的に鍛え、整えていることがよくわかった。身体に無駄な動きがない。必要な筋肉だけが有効に使用されている。彼は地面の上に立つと、一度大きく身体を伸ばし、それからズボンについた土を丁寧に払った。それほど多くの土がついていたわけではなかったのだけれど。

一息ついてから免色は言った。「実際に下に降りてみると、壁の高さにはずいぶん威圧感があります。そこにはある種の無力感が生まれます。私は同じような種類の壁をしばらく前にパレスチナで目にしました。イスラエルがこしらえた八メートル以上あるコンクリートの壁です。てっぺんには高圧電流を通した鉄線がめぐらせてありま す。それが五百キロ近く続いています。イスラエルの人々は三メートルではとても高さが足りないと考えたのでしょうが、だいたい三メートルあれば壁としての用は足ります」

彼はランタンを地面に置いた。それは私たちの足もとを明るく照らし出した。

「そういえば、東京拘置所の独房の壁の高さも三メートル近くありました」と免色は言った。「なぜかはわかりませんが、部屋の壁がとても高いのです。来る日も来る日も目にするものといえば、その高さ三メートルののっぺりした壁だけです。ほかには何も見るべきものがありません。もちろん壁には絵とかそういうものは飾られていません。ただの壁です。まるで自分が穴の底に置かれているような気がしてきます」

私は黙ってそれを聞いていた。

「少し前のことになりますが、私はわけあって一度、東京拘置所にしばらく勾留《こうりゅう》されていたことがあります。それについては、たしかまだあなたにお話ししていませんでしたね?」

「ええ、まだうかがっていません」と私は言った。彼が拘置所に入っていたらしいことは人妻のガールフレンドから聞いていたが、もちろんそれは言わなかった。

「私としては、その話をあなたによそから耳に入れてもらいたくなかったのです。ご存じのように噂話《うわさばなし》というのは、おもしろおかしく事実をねじ曲げてしまうものですから。ですから私の口から直接事実をお伝えしておきたいのです。とくに愉快な話でもありませんが、ことのついでというか、今ここでお話ししてもかまいませんか?」

「もちろんかまいません。どうぞ話してください」と私は言った。

免色は少し間を置いてから話を始めた。「言い訳するのではありませんが、私には何ひとつやましいところはありませんでした。私はこれまでいろんな事業に手を染めてきました。多くのリスクを背負って生きてきたと言っていいと思います。しかし私は決して愚かではありませんし、生来用心深い性格ですから、法律に抵触するようなことにはまず手を出しません。そういう線引きには常に留意しています。しかしそのとき私がたまたま手を組んだ相手が、不注意で無考えだったのです。おかげでひどい目にあわされました。それ以来、誰かと手を組んで仕事をするようなことは一切避けています。自分ひとりの責任で生きるようにしています」

「検察が持ち出した罪状は何だったのですか？」

「インサイダー取り引きと脱税です。いわゆる経済犯です。最終的に無罪は勝ちとりましたが、起訴にはもち込まれました。検察の取り調べが厳しく、かなり長いあいだ拘置所に入れられていました。いろんな理由をつけて、勾留期限が次々に延長されました。壁に囲まれた場所に入ると、今でも懐《なつ》かしささえ感じてしまうくらい長い期間です。さっきも申し上げたように、私の側には法で罰せられるような落ち度は何ひとつなかったのです。それはあくまで明白な事実でした。しかし検察は起訴のシナリオを既に書いてしまっていて、そのシナリオには私の有罪もしっかり組み込まれていました。そして彼らは今更そのシナリオを書き直したくなかった。官僚システムというのはそういうものです。いったん何かを決めてしまうと、変更することがほとんど不可能になります。流れを逆行させると、どこかの誰かがその責任をとらなくてはなりません。そんなわけで私は長期にわたって東京拘置所の独房に収容されることになったのです」

「どれくらい長くですか？」

「四百と三十五日です」と何でもなさそうに免色は言った。「この数字を忘れることは一生ないでしょうね」

狭い独房の中の四百三十五日が恐ろしく長い期間であることは、私にも容易に想像できた。

「あなたはこれまで、どこか狭い場所に長く閉じ込められたことはありますか？」と免色は私に尋ねた。

ない、と私は言った。引っ越しトラックの荷室に閉じ込められて以来、私にはかなりひどい閉所恐怖の傾向がある。エレベーターにさえうまく乗れない。もしそんな状況に置かれたら、神経がすぐに壊れてしまうだろう。

免色は言った。「私はそこで狭い場所に耐える術《すべ》を覚えました。日々そのように自分を訓練していったのです。そこにいるあいだにいくつかの語学を習得しました。スペイン語、トルコ語、中国語です。独房では手元に置いておける書物の数が限られていますが、辞書はその制限に含まれなかったからです。ですからその勾留期間は語学を習得するにはもってこいの機会でした。幸い私は集中力に恵まれている人間ですし、語学の勉強をしているあいだは、壁の存在をうまく忘れることができました。どんなことにだって必ず良い側面がありますす」

どんなに暗くて厚い雲も、その裏側は銀色に輝いてる。

免色は続けた。「しかし最後まで恐ろしかったのは地震と火災でした。大きな地震が来ても、火事が起こっても、なにしろ檻《おり》の中に閉じ込められているわけですから、すぐに逃げ出すことができません。その狭い空間に閉じ込められたまま押しつぶされたり、焼け死んだりすることを考え始めると、恐怖のために息が詰まってしまいそうになることもありました。その恐怖はなかなか克服できませんでした。とくに夜中に目が覚めたときなんかは」

「でも耐えたんですね？」

免色は肯いた。「もちろんです。連中に負けるわけにはいかなかった。システムに押しつぶされるわけにはいかなかった。とりあえず相手の用意した書類に署名さえすれば、私はその檻から出て、普通の世界に戻ることができました。でもいったん署名をしてしまったらおしまいです。自分がやってもいないことを認めることになります。これは天から自分に与えられた大事な試練なのだと考えるようにしました」

「あなたはこの前、この暗い穴の中に一時間一人でいたとき、そのときのことを思い出していたのですか？」

「そうです。ときどきそうやって原点に立ち戻る必要があります。今ある私を作った場所に。人というのは楽な環境にすぐに馴染《なじ》んでしまうものですから」

特異な人物だ、と私はあらためて感心した。普通の人は何か過酷な目にあった経験があれば、それを少しでも早く忘れてしまいたいと望むものではないのだろうか？

それから免色は、ふと思い出したようにウィンドブレーカーのポケットに手を入れ、何かをくるんだハンカチを出した。

「さっき、穴の底でこれをみつけました」と彼は言った。そしてハンカチを開いてそこから小さなものを取り出した。

小さなプラスチックの物体だった。私はそれを受け取り、懐中電灯で照らしてみた。黒い紐《ひも》のストラップのついた全長一センチ半ほどの、白と黒に塗装されたペンギンの人形だった。よく女子生徒が、鞄《かばん》だか携帯電話につけているようなフィギュアだ。汚れてはいなかったし、まだ真新しいもののように見えた。

「この前、私が穴の底に降りたときにはそんなものはここにはありませんでした。それは間違いありません」と免色は言った。

「じゃあ、そのあとでここに降りた誰かが、それを落としていったということでしょうか？」

「どうでしょう。それはたぶん携帯電話につける飾りのようなものです。そしてストラップは切れていません。おそらく自分でほどいて外しています。ですから、落としていったというよりはむしろ、意図してあとに残していったという可能性の方が大きいのではないでしょうか？」

「穴の底まで降りて、これをわざわざ置いていった？」

「あるいはただ上から落としたのかもしれません」

「でも、いったい何のために？」と私は尋ねた。

免色は首を振った。わからないというように。「あるいはその誰かは、護符のようなものとしてそれをここに残していったのかもしれません。もちろん私の想像に過ぎませんが」

「秋川まりえが？」

「おそらくは。彼女のほかにこの穴に近づきそうな人はいないわけだから」

「携帯電話のフィギュアを護符として置いていった？」

免色はもう一度首を振った。「わかりません。でも十三歳の少女はいろんなことを考えつくものです。そうじゃありませんか？」

私はもう一度、自分の手の中にあるそのペンギンの小さな人形を見た。そう言われてあらためて見ると、たしかに何かのお守りのように見えなくはなかった。そこにはイノセンスの気配のようなものが漂っていた。

「でもいったい誰が梯子を引き上げて、あそこまで持っていったのでしょう？　そして何のために？」と私は言った。

免色は首を振った。見当がつかないということだ。

私は言った。「とにかくうちに帰ったら、秋川笙子さんに電話をかけて、このペンギンのフィギュアがまりえさんの持ち物かどうか、確かめてみましょう。彼女に訊《き》けばたぶんはっきりするはずです」

「それはとりあえずあなたが持っていてください」と免色は言った。私は肯いて、そのフィギュアをズボンのポケットに入れた。

それから我々は梯子を石壁に立てかけたまま、もう一度穴の上に蓋を被せた。その木材の上に重しの石を並べた。私は念のためにもう一度、その石の配置を頭に刻んでおいた。それから雑木林の小径《こみち》を抜けて帰路についた。腕時計を見ると、時刻はすでに午前〇時をまわっていた。帰り道、私たちは口をきかなかった。二人とも手にした明かりで足下を照らしながら、押し黙ったまま歩を運んだ。それぞれの考えを頭に巡らせていた。

家の前に着くと、免色はジャガーの大きなトランクを開け、ランタンをそこに戻した。それからようやく緊張を解いたように閉じたトランクに身をもたせかけ、しばらく空を見上げていた。何も見えない暗い空を。

「少しお宅にお邪魔してもかまいませんか？」と免色は私に言った。「家に帰ってももうひとつ落ち着けそうにないので」

「もちろん。どうか寄ってください。ぼくもしばらくは眠れそうにありませんから」

しかし免色はそのままの姿勢で、何かを考え込むようにじっと動かなかった。

私は言った。「うまく説明できないのですが、秋川まりえの身に何か良くないことが起こっているような気がしてならないんです。それもどこかこの近くで」

「でもそれはあの穴ではなかった」

「そのようです」

「たとえば、どんな悪いことが起こっているのですか？」と免色は尋ねた。

「それはわかりません。でも、彼女の身に何か危害が及ぼうとしているような気配を感じるのです」

「そしてそれはどこか、、、、この近く、、、なのですね？」

「そうです」と私は言った。「この近くです。そして梯子が穴から引き上げられていたことが、ぼくにはとても気になるんです。誰がそれを引き上げて、わざわざススキの茂みの中に隠しておいたかが。それが意味しているのはいったいどういうことなんだろう？」

免色は身を起こし、また私の腕にそっと手を触れた。そして言った。「そうですね。私にもまったく見当がつきません。しかしここでただ心配していてもらちがあかない。とにかく家の中に入りましょう」

47 今日は金曜日だったかな？

うちに帰って革ジャンパーを脱ぐと、私はすぐに秋川笙子に電話をかけた。三度目のコールで彼女が受話器をとった。

「あれから何かわかったことはありましたか？」と私は尋ねた。

「いいえ、まだ何もわかりません。何の連絡もはいってきません」と彼女は言った。うまく呼吸のリズムがつかめないときに人が出す声のようだった。

「警察にはもう連絡をしましたか？」

「いいえ、まだしていません。どうしてだかはわからないけれど、警察に話をするのはもう少しだけ待ってみようと思ったんです。今にもふらりとうちに帰ってきそうな気がして――」

私は穴の底でみつかったペンギンのフィギュアの形状を彼女に説明した。それを見つけた経緯には触れることなく、ただ秋川まりえがそういうフィギュアを身につけていたかどうかを尋ねた。

「まりえは携帯電話にフィギュアをつけていました。たしかペンギンだったと記憶しています。……ええ、そうです。たしかにペンギンでした。間違いありません。小さなプラスチックの人形です。ドーナッツ・ショップの景品でもらったものだと思うんですが、あの子はそれをなぜかとても大事にしていました。お守りみたいにして」

「それで彼女はいつも携帯電話を持ち歩いていたんですね？」

「ええ、だいたい電源を切ったままにしていましたが、持ち歩くことはちゃんと持ち歩いていました。応答はしなくても、用事があってたまに自分の方から電話をかけてくることはありましたから」と秋川笙子は言った。それから数秒間があった。「ひょっとして、そのフィギュアがどこかで見つかったのですか？」

私は返答に窮《きゅう》した。本当のことを打ち明ければ、私はあの林の中の穴の存在を彼女に教えなくてはならなくなる。そしてもし警察が関与してくれれば、彼らにもやはり同じ説明を――より納得のいく説明を――しなくてはならないだろう。そこで秋川まりえの持ち物が発見されたとなれば、警官たちはその穴を細かく検証するだろうし、あるいは雑木林の中の捜索が行われることになるかもしれない。私たちは根掘り葉掘り質問を受けるだろうし、免色の過去もたぶん蒸し返されることだろう。そんなことをしたって役に立つとは思えない。免色が言うように、話がややこしくなるだけだ。

「うちのスタジオの床に落ちていたんです」と私は言った。嘘《うそ》をつくのは好むところではないが、本当のことは言えない。「掃除をしているときに見つけました。それでひょっとして、これはまりえさんの持ち物ではないかと思ったものですから」

「それはまりえのものだと思います。間違いなく」と少女の叔母は言った。「それで、どうしたらいいでしょう？　警察にはやはり連絡をするべきでしょうか？」

「お兄さんとは、つまりまりえさんのお父さんとは連絡がついたのですか？」

「いいえ。まだ連絡がつきません」と彼女は言いにくそうに言った。「今どこにいるのかわからないんです。もともとあまりきちんとは家に帰ってこない人なもので」

いろいろと複雑な事情がありそうだったが、今はそんなことを詮議《せんぎ》している場合ではなかった。警察に届けた方がいいでしょうと、私は彼女に簡潔に言った。時刻は既に真夜中を過ぎて、日付も変わっている。どこかで事故にあったという可能性も考えられなくはない。すぐに警察に連絡すると彼女は言った。

「ところで、まりえさんの携帯はまだ応答がありませんか？」

「ええ、何度もかけてみましたが、どうしてもつながりません。電源が切られているようです。あるいは電池が切れてしまったか。どちらかです」

「まりえさんは今朝、学校に行くと言って出ていって、そのまま行方がわからなくなってしまった。そうでしたね？」

「そうです」と叔母は言った。

「ということは、今でもたぶん中学校の制服を着ているということですね」

「ええ、制服を着ているはずです。紺色のブレザーコートと白いブラウス、紺色のウールのヴェスト、格子《こうし》柄の膝までのスカート、白いハイソックス、黒のスリップオンです。そしてビニールのショルダーバッグを肩にかけています。学校の指定したバッグで、学校のマークと名前が入っています。まだコートは着ていません」

「他に画材を入れたバッグも持っていたと思うんですが？」

「それは普段は学校のロッカーに入れてあります。学校の美術の時間に使うためです。金曜日にはそれを持って、学校から先生の教室に行きます。うちからは持って行きません」

それは彼女が絵画教室にやって来るときのいつもの格好だった。紺色のブレザーコートと白いブラウス、タータンチェックのスカート、ビニールのショルダーバッグ、画材の入った白いキャンバス・バッグ。私はその姿をよく覚えていた。

「他に荷物は何も持っていないのですね？」

「ええ、持っていません。だから遠くに行くようなことはないはずです」

「もし何かあったら、いつでもいいから電話をください。どんな時刻でもかまいませんから、遠慮なく」と私は言った。

そうすると秋川笙子は言った。

そして私は電話を切った。

免色はそばに立って、ずっと我々の会話を聞いていた。私が受話器を置くと、そこでようやくウィンドブレーカーを脱いだ。その下に彼は黒いＶネックのセーターを着ていた。

「そのペンギンのフィギュアはやはりまりえさんの持ち物だったのですね？」と免色は言った。

「そのようです」

「つまり、いつだったかはわからないけれど、彼女はおそらく一人であの穴の中に入った。そして自分にとっての大事なお守りであるペンギンのフィギュアをそこに残していった。どうやらそういうことになりそうですね」

「つまり、護符みたいなものとして残していったということでしょうか？」

「おそらくは」

「でもこのフィギュアが護符であるとして、それはいったい何を護るためですか？あるいは誰を護るためですか？」

免色は首を振った。「私にはそれはわかりません。でもこのペンギンは彼女がお守りとしていつも身につけていたものです。それをわざわざはずして置いていくからには、そこにははっきりした意図があったはずです。人は大事なお守りを簡単に手放したりはしません」

「自分よりも大事な、護るべきものが他にあったということかな？」

「たとえば？」と免色は言った。

二人ともその問いに対する答えは思いつけなかった。

我々はしばらくそのまま口を閉ざしていた。時計の針がゆっくりと確実に時を刻んでいた。一刻みごとに世界が少しずつ前に押し出されていった。窓の外には夜の闇《やみ》が広がっていた。そこに動きらしきものはなかった。

そのとき私は鈴の行方について騎士団長が言ったことをふと思い出した。「そもそも、あれはあたしの持ち物というわけではあらないのだ。むしろ場に共有されるものだ。いずれにせよ、消えるからにはたぶん消えるなりの理由があったのだろう」

場に共有されるもの？

私は言った。「ひょっとして、秋川まりえがこの人形を穴に置いていったのではないかもしれません。あるいはあの穴はどこか別の場所に繋がっているのではないでしょうか。閉ざされた場所というより、むしろ通路のようなものなのかもしれない。そしていろんなものを自らのうちに呼び込んでいくのかもしれません」

頭に浮かんだことを実際に口に出してみると、それはずいぶん愚かしい考えに聞こえた。騎士団長ならおそらく私の考えをそのまま受け入れてくれるだろう。しかしこの世界では無理だ。

深い沈黙が部屋の中に降りた。

「あの穴の底から、いったいどこに通じることができるのだろう？」と免色がやがて自らに問いかけるように言った。「あなたもご存じのように、私はこのあいだあの穴の底に降りて、一時間ばかり一人でそこに座っていました。真っ暗闇の中で、明かりもなく梯子もなく。その沈黙の中で意識を深く集中しました。そして肉体存在を消してしまおうと真剣に努めました。ただ思念だけの存在になろうと試みました。そうすれば石の壁を越えてどこにでも抜け出せます。拘置所の独房にいるときにもよく同じことを試みたものです。しかし結局どこにも行けなかった。それはどこまでも、堅牢《けんろう》な石の壁に囲まれた逃げ場所を持たない空間でした」

　あの穴はひょっとして相手を選ぶのかもしれない、と私はふと思った。あの穴から出てきた騎士団長は私のもとにやってきた。彼は寄宿地として私を選んだ。秋川まりえもまたあの穴に選ばれたのかもしれない。しかし免色は選ばれなかった――何らかの理由によって。

　私は言った。「いずれにせよ、さっきも話し合ったように、警察にはあの穴のことは教えない方がいいと思うんです。少なくとも今の段階ではまだ教えない方がいい。しかしこのフィギュアを穴の底で見つけたことを黙っていれば、明らかに証拠の隠匿《いんとく》になります。もし何かあってそのことが明らかになったら、我々はまずい立場に置かれるのではないでしょうか」

　免色はしばらくのあいだ考えを巡らせていた。それからきっぱりと言った。「そのことについては、二人でしっかり口を閉ざしていましょう。それしかありません。あなたはこの家のスタジオの床でそれをみつけたのです。それで押し通すしかない」

「誰かが秋川笙子さんのところに行ってあげるべきなのかもしれない」と私は言った。「彼女は一人きりで家にいて、戸惑っています。どうしていいかわからず混乱しています。まりえの父親とはまだ連絡がつかない。彼女には支えてあげる人が必要じゃないでしょうか？」

免色はそのことについてもしばらく真剣な顔で考えていたが、やがて首を振った。「でも私が今からそこに行くわけにはいきません。私はそういう立場にはないし、彼女のお兄さんがいつ帰ってくるかもしれない。そして私は彼と面識はまったくありませんし、もし――」

免色はそこで言葉を切って、そのまま黙り込んだ。

私もそれについては何も言わなかった。

免色は指先でソファの肘《ひじ》掛《か》けを軽く叩きながら、長いあいだ一人で何かを考えていた。考えているうちに、頬が心持ち赤らんだように見えた。

「しばらくこのまま、お宅にいさせていただいてかまいませんか？」と免色は少し後で私に尋ねた。「何か秋川さんから連絡が入るかもしれませんし」

「もちろんそうしてください」と私は言った。「ぼくもすぐには眠れそうにありません。好きなだけここにいらしてください。泊まっていかれてもちっともかまいません。

寝支度は調えますから」

　そうさせてもらうかもしれない、と免色は言った。

「コーヒーはいかがですか？」と私は尋ねた。

「ありがたくいただきます」と免色は言った。

　私は台所に行って豆を挽《ひ》き、コーヒーメーカーをセットした。コーヒーができると、それを居間に運んでいった。そして二人でそれを飲んだ。

「そろそろ暖炉に火を入れましょう」と私は言った。真夜中を過ぎて部屋はさっきよりー段と冷え込んでいた。もう十二月に入っている。暖炉に火を入れてもおかしくない頃合いだ。

　私は前もって居間の隅に積んでおいた薪《まき》を暖炉の中に入れた。そして紙とマッチを使って火をつけた。薪はよく乾燥していたらしく、すぐに全体に火がまわった。この家に来てから、その暖炉を使うのは初めてだったので、煙突の換気がうまく機能するものかどうか不安だったが（暖炉はすぐにでも使えるはずだと雨田政彦は言っていたが、実際に使ってみるまではそんなことはわからない。鳥が巣を作って煙突を塞《ふさ》いでしまうこともある）、煙はうまく上に抜けてくれた。私と免色は暖炉の前に椅子《いす》を置いて、そこで身体《からだ》を温めた。

「薪の火というのはいいものです」と免色は言った。

私は彼にウィスキーを勧めようかと思ったが、思い直してやめた。今夜はたぶん素面《しらふ》でいた方がよさそうだ。これからまた車を運転することだってあるかもしれない。我々は暖炉の前に座って、揺れ動く生きた炎を眺めながら音楽を聴いた。免色はベートーヴェンのヴァイオリン・ソナタのレコードを選んでターンテーブルに載せた。ゲオルク・クーレンカンプのヴァイオリンと、ヴィルヘルム・ケンプのピアノ、冬の初めに暖炉の火を眺めながら聴くにはうってつけの音楽だった。しかしどこかで独りぼっちで、寒さに震えているかもしれない秋川まりえのことを思うと、それほど落ち着いた気持ちにはなれなかった。

三十分後に秋川笙子から電話がかかってきた。兄の秋川良信が少し前にようやく帰宅して、彼が警察に電話をしてくれたということだった。これから警官が事情を聞くために家にやってくる（秋川家はなんといっても富裕な地元の旧家だ。誘拐の可能性を考えて警察はすぐに飛んでくるだろう）。まりえからまだ連絡はないし、携帯電話にかけても相変わらず応答はない。心当たりの先には――それほどの数ではないにせよ――すべて連絡を入れてみたが、まりえの行方はやはりまったくわからない。

「まりえさんが無事でいてくれるといいのですが」と私は言った。もし何か進展があったらいつでも電話をしてほしいと言って、私は電話を切った。

それから我々はまた暖炉の前に座り、古典音楽を聴いた。リヒアルト・シュトラウスのオーボエ協奏曲だった。それもレコード棚から免色が選んだ。そんな曲を聴いたのは初めてだった。我々はほとんど口をきくこともなく、その音楽に耳を傾け、暖炉の炎を眺めながらそれぞれの思いに浸っていた。

時計が一時半をまわった頃、私は急にひどく眠くなってきた。目を開いていることがだんだんむずかしくなってきた。私は昔から早寝早起きの生活に慣れていて、夜更《よふ》かしが苦手だ。

「あなたはどうか眠ってください」と免色は私の顔を見て言った。「秋川さんから何か連絡があるかもしれませんから、私はもうしばらくここで起きています。私はあまり眠る必要はないんです。眠らずにいるのは苦痛ではありません。昔からそうでした。だから私のことは気にしないでください。暖炉の火は絶やさないようにします。こうして音楽を聴きながら、一人で火を眺めています。かまいませんか？」

もちろんかまわないと私は言った。そして台所の外にある納屋《なや》の軒下からもう一抱え薪を持ってきて、暖炉の前に積み上げた。それだけあれば、朝まで火は十分保たれるはずだった。

「申し訳ないけれど、少し眠らせてください」と私は免色に言った。

「どうかゆっくり眠ってください」と彼は言った。「交代で眠りましょう。私はたぶん明け方に少しだけ眠ると思います。そのときはこのソファで眠りますから、毛布か何かを貸していただけますか？」

私は雨田政彦が使ったのと同じ毛布と、軽い羽毛布団《ふとん》と枕《まくら》とを持ってきて、ソファの上に寝支度を調えた。免色は礼を言った。

「もしよかったらウィスキーがありますが？」と私は念のために尋ねた。

免色はきっぱり首を振った。「いや、今夜はお酒は飲まないでいた方がよさそうだ。何があるかわかりませんから」

「もしお腹《なか》が減ったら、台所の冷蔵庫の中のものを自由に召し上がってください。大したものはありませんが、チーズとクラッカーくらいはあります」

「ありがとう」と免色は言った。

私は彼を居間に残して自分の部屋に引き上げた。そしてパジャマに着替え、ベッドに潜り込んだ。枕元の明かりを消して、眠ろうとした。しかしなかなか寝付けなかった。ひどく眠いのだが、頭の中で小さな虫が高速で羽ばたきしているような感触があり、どうしても眠ることができなかった。そういうことがたまにある。あきらめて明かりをつけ、身体を起こした。

「どうだい、うまく眠れないだろう？」と騎士団長が言った。

私は部屋の中を見渡した。窓の敷居のところに騎士団長が腰掛けていた。いつもと同じ白い装束に身を包んでいた。先の尖《とが》った奇妙な靴を履き、ミニチュアの剣を帯びていた。髪はきちんと結われていた。相変わらず、雨田具彦の絵の中で刺殺されていた騎士団長とまったく同じ格好だった。

「眠れないですね」と私は言った。

「いろんなことが起こりよるからな」と騎士団長は言った。「人はみな、なかなか心安らかに眠られない」

「お見かけするのはひさしぶりですね」と私は言った。

「前にも言ったように、いいいい、ひさしぶりもごぶさたも、イデアにはうまく解《げ》せない」

「でもちょうどよかった。あなたに尋ねたいことがあったんです」

「どんなことだろう？」

「秋川まりえが今日の朝から行方がわからなくなり、みんなで探しています。彼女はいったいどこに行ったのですか？」

騎士団長はしばらく首を傾《かし》げていた。それからおもむろに口を開いた。

「知ってのとおり、人間界は時間と空間と蓋然性《がいぜんせい》という三つの要素で規定されておる。イデアたるものは、その三つの要素のどれからも自立したものでなくてはならない。であるから、あたしがそれらに関与することは能《あた》わないのだ」

「言っていることがよく理解できませんが、要するに行き先はわからないということですか？」

騎士団長はそれには返事をしなかった。

「それとも知ってはいるけれど教えられないということですか？」

騎士団長はむずかしい顔をして目を細めた。「責任回避するわけではあらないが、イデアにもいろいろと制約があるのだよ」

私は背筋を伸ばし、騎士団長をまっすぐ見た。

「いいですか、ぼくは秋川まりえを救わなくてはなりません。彼女はどこかで助けを求めているはずです。どこだかわからないけれど、簡単には出られないところに、たぶん迷い込んでしまったのでしょう。そういう気がする。でもどこに行ってどうすればいいのか、今のところ見当もつきません。でも今回の彼女の失踪《しっそう》には、あの雑木林の中の穴が何らかのかたちで関係していると思うんです。筋道立てて説明はできないけれど、ぼくにはそれがわかる。そしてあなたは長いあいだあの穴の中に閉じ込められていました。どうしてそんなところに閉じ込められることになったのか、その事情は知りません。しかしとにかくぼくと免色さんが、重い石の塚を重機を使ってどかせて、穴の口を開いた。そしてあなたを外に出してあげた。そうですね？　そのおかげで、あなたは今では時間と空間を好きに移動できるようになった。姿を消したり現したりも好きなようにできる。ぼくとガールフレンドのセックスも存分に見物した。そういうことですよね？」

「まあ、だいたい合っておるよ」

「どうすれば秋川まりえを救い出せるか、その方法を具体的に教えてくれとまでは言いません。イデアの世界にはいろいろと制約があるみたいだから、そこまで無理は言いません。でもヒントのひとつくらいはくれてもいいんじゃありませんか？　いろんな事情を考えれば、その程度の親切心はあってもいいでしょう」

　騎士団長は深いため息をついた。

「遠回しにほのめかしてくれるだけでいいんです。今すぐ民族浄化をなくせとか、地球温暖化を止めろとか、アフリカ象を救えとか、そんな大がかりなことを求めているわけじゃありません。ぼくとしては狭くて暗いところに閉じ込められているかもしれない十三歳の少女を、この普通の世界に取り戻したいのです。それだけです」

　騎士団長は長いあいだ腕組みをしてじっと考え込んでいた。彼の中に何か迷いが生じているみたいに見えた。

「よろしい」と彼は言った。「そこまで言うなら、仕方あるまい。諸君にひとつだけヒントをあげよう。しかしその結果、いくつかの犠牲が出るかもしれないが、それでもかまわんかね？」

「どんな犠牲ですか？」

「それはまだなんとも言えない。しかし犠牲は避けがたく出るだろう。比喩《ひゆ》的に言うならば、血は流されなくてはならない。そういうことだ。それがいかなる犠牲であるかは、後日になればおいおい判明しよう。あるいは誰かが身を棄《す》てねばならん、ということになるやもしれない」

「それでもかまいません。ヒントを与えてください」

「よろしい」と騎士団長は言った。「今日は金曜日だったかな？」

　私は枕元の時計に目をやった。「ええ、今日はまだ金曜日です。いや、違う、もう既に土曜日になっています」

「土曜日の午前中に、つまり今日の昼前に、諸君に電話がひとつかかってくる」と騎士団長は言った。「そして誰かが諸君を何かに誘うだろう。そしてたとえどのような事情があろうと、諸君はそれを断ってはならん。わかったかね？」

私は言われたことを機械的に繰り返した。「今日の午前中にかかってくる電話で、誰かがぼくを何かに誘う。それを断ってはならない」

「そのとおり」と騎士団長は言った。「これがあたしが諸君に与えられる唯一《ゆいいつ》のヒントだ。言うなれば〈公的言語〉と〈私的言語〉を区切るぎりぎりの一線だ」

そしてそれを最後の言葉として騎士団長はゆっくりと姿を消した。気がついたとき、窓枠の上にはもう彼の姿はなかった。

枕元の明かりを消すと、今度は比較的すぐに眠りがやってきた。頭の中の高速の羽ばたきのようなものはもう収まっていた。眠りに落ちる直前に、私は暖炉の前にいる免色のことを思った。彼は朝まで火を絶やすことなく、一人で何かを考えていることだろう。彼が朝までかけて何を考えるのか、私にはもちろんわからない。不思議な人物だ。しかし彼だって、言うまでもなく時間と空間と蓋然性に縛られて生きている。この世界の他のすべての人間と同じように。我々は生きている限りその制限から逃れ出ることはできない。言うなれば我々は一人残らず、上下四方を堅い壁に囲まれて生きているようなものなのだ。たぶん。

今日の午前中にかかってくる電話で、誰かがぼくを何かに誘う。それを断ってはならない。私は頭の中で、騎士団長に言われたことをもう一度機械的に繰り返した。それから眠った。

〈第2部（下）に続く〉

騎《き》士《し》団《だん》長《ちょう》殺《ごろ》し

—第2部　遷ろうメタファー編（上）—

新潮文庫　む - 5 - 41

平成三十一年四月一日発行

著者　村《むら》上《かみ》春《はる》樹《き》

発行者　佐藤隆信

発行所　株式会社新潮社

郵便番号　一六二—八七一一
東京都新宿区矢来町七一
電話　編集部(〇三)三二六六—五四四〇
　　　読者係(〇三)三二六六—五一一一
https://www.shinchosha.co.jp

価格はカバーに表示してあります。

乱丁・落丁本は、ご面倒ですが小社読者係宛ご送付ください。送料小社負担にてお取替えいたします。

印刷・錦明印刷株式会社　製本・錦明印刷株式会社

ISBN978-4-10-100173-9 C0193